AF464822

MADAME

DE

LAMARTINE

G

L^{27}n 11196

Paris. — Imprimé chez Bonaventure et Ducessois,
55, quai des Augustins.

G. STAAL. SC.

MADAME
DE
LAMARTINE

PAR

ARMAND LEBAILLY

Eau-forte par G. STAAL.

BIBLIOTHÈQUE IMPÉRIALE
IMPR.

PARIS
LIBRAIRIE DE Mme BACHELIN-DEFLORENNE
Rue des Prêtres-St-Germain-l'Auxerrois, 14

M DCCC LXIV

1863

Pour la troisième fois que l'Auteur se présente au public de *la Collection du Bibliophile français*, il sent le besoin d'écrire une préface. Il n'est pas coutumier du fait et il comprend que la préface est si bien démodée qu'il n'a pas envie de ressusciter ce qu'a tué la fantaisie de ses Contemporains. Cependant, aujourd'hui, l'Auteur, comme les écrivains de l'ancien temps, « qui se faisaient imprimer à Paris en l'Isle, » veut causer avec ses lecteurs. Il leur doit tant de remerciements pour l'accueil fait à ses livres ; il est si touché de la sympathie dont la Presse a bien voulu les entourer ; il est tant ému du constant intérêt que les Lettres portent à ses travaux, qu'il a cru ne pas devoir différer l'expression de sa gratitude.

A l'époque où nous sommes, il y a dans la vie une vitesse acquise qui nous fait avancer au pas de charge. Cette marche rapide des choses est dans les éléments du Progrès, et c'est à cette loi, sans doute, qu'obéissent les Livres et les Hommes, mais aussi ; en vertu de cette rotation ascendante du monde sur lui-même, la Lumière projette des ombres. Et voilà pourquoi s'éclipse un soir ce qui brilla tant un matin. Chacun, selon ses forces, a essayé de combattre la Destinée : les rois écrivent leur nom dans le bronze et dans le fer, les gens de lettres le confient au vélin, et c'est presque toujours là que les retrouve l'Histoire. L'Auteur doit donc à son éditeur, madame Bachelin-Deflorenne, à qui revient l'idée de ce livre, idée de sympathie et d'admiration, des remerciements pour l'heureuse pensée qu'elle a eue de mettre sous la sauvegarde de leur valeur matérielle ces pages de touchant souvenir. C'est ainsi, a dit M. Henri de Bornier, dans *le Nord*, que la Piété antique scellait, dans un vase de prix, les cendres des morts aimés.

A LOUIS RATISBONNE.

Cher Monsieur, cher Ami,

Dans une soirée de l'automne qui s'achève, il fut beaucoup parlé devant moi de la Poésie et du Bonheur.

Vous savez si j'étais à mon aise : je me trouvais à peu près désenchanté. C'est que le Bonheur est un de ces fruits qu'on ne cueille presque jamais, et qu'on savoure dans une intuition métaphysique. Cependant, cette nuit-là fut une nuit de souvenirs heureux.

Je me rappelai notre première rencontre, voilà bientôt quatre ans, dans la rue Virgile, à Passy, une vraie rue de poëte, perdue sous les marronniers de la Muette et sous les églantiers sauvages de l'ancien bois de Boulogne. Dans ces sentiers discrets, que vous aimiez à fouler avec vos enfants, je crois que les terrassiers ont passé avec leurs pioches pour vous faire de grands boulevards macadamisés

Vous me parlâtes alors avec un accent si bienveillant et si sévère, que je reconnus bien vite l'accent des tercets du Dante. C'est que vous étiez en communication assidue avec le poëte de l'Enfer. Cependant, depuis, votre esprit n'a pas changé; il a conservé le calme et la fierté de son inspiration, et je pense que ce sont là les vertus qui vous ont rendu si cher au regretté Alfred de Vigny. Vous vous êtes fait une âme avec toutes ces âmes, tous ces souvenirs et ces amitiés; une âme que tout le monde ne connaît pas. Et voilà mon orgueil, à moi qui vous connais.

Je ne dirai pas ce que je vous dois d'encouragements et de bontés. Vous m'avez suivi avec votre cœur partout où m'a jeté la Fortune, et vous m'avez serré la main.

Veuillez donc agréer ce livre en signe de reconnaissance. Vous y retrouverez tous les traits de Béatrix, sanctifiée par le XIXe siècle, par le culte de la religion, du foyer et du génie domestiques.

Si j'étais resté au-dessous de mon modèle, si mon livre ne le reflétait pas complétement, acceptez-le encore, mon cher ami, comme l'hommage du Disciple au Maître, et vous lui porterez bonheur.

ARMAND LEBAILLY.

Paris, jour des morts, 2 novembre 1863.

MADAME
DE
LAMARTINE

I

C'est avec une respectueuse douleur que nous avons écrit sur ces pages le nom de la femme qui vient de mourir. Madame de Lamartine ne se présente point aux contemporains avec le retentissement de certaines renommées dont la gloire ne sait pas le sexe, mais elle porte avec elle une lumière chaste et profonde qui séduit. On aime à suivre cette âme, éclatante de tout l'éclat de Lamartine lui-même, dans les sentiers ombreux et mystiques qu'elle aimait à parcourir. Il nous eût semblé profane de franchir le seuil de ces régions sereines, si des amis particuliers de madame de Lamartine n'avaient levé le coin du linceul qui l'emportait aux caveaux de Saint-Point avec l'encens de ses sacrifices et de ses vertus. Madame de Lamartine, d'ailleurs, par le nom qu'elle portait, par l'influence qu'elle exerça sur un grand homme et sur un grand siècle, cessait à sa mort d'être une personne privée; les cénacles littéraires mêlaient son nom aux *Méditations;* les cercles politiques recherchaient jusqu'à quel point une haute éducation faite par l'aristocratie anglaise pouvait s'accommoder avec les idées de la jeune France; les moralistes et les psychologues étudiaient les ferveurs de cette âme neuve dans la foi, la fermeté de ses croyances et les tendresses instinctives de son esprit pour le Beau et le Bien; puis tous les cœurs vibrèrent comme des tambours voilés de deuil, quand le nom de madame de Lamartine morte les frappa comme une baguette sonore, et voilà comment ce qui trouve tant d'écho devient nécessairement public, voilà pourquoi madame de Lamartine appartient à l'Histoire.

Or, en 1819, il y avait à Chambéry une jeune Anglaise « d'un extérieur gracieux, d'une imagination poétique, d'une naissance distinguée, alliée aux plus illustres familles de son pays. » Par son père, le major général Birch, elle appartenait aux Churchill; par sa mère, elle descendait en ligne droite d'une race antique de l'Écosse, dont l'honneur chevaleresque est le plus riche héritage. Et voici comment cette jeune personne se trouvait en Savoie : son père venait de mourir; sa mère, qui n'avait d'autre enfant que cette fille unique, lui avait donné une instruction grave et des talents de peinture et de musique qui dépassaient la portée de l'amateur. Sa fortune lui permettait de compléter, par des voyages sur le continent et par la pratique des langues étrangères, cette éducation soignée. En Angleterre, elle s'était liée avec la famille du marquis de Lapierre, qui les amena à Chambéry, et la beauté, l'éclat des paysages, la puissance de la nature alpestre, ouvrirent dans l'âme de la jeune fille la source des grandes émotions. Elle sentit jaillir en elle l'inspiration, elle aima intuitivement la poésie et les Poëtes. Sa vie entra dans la veine de la mélancolie intime, qui est le prélude de l'amour. Or, dans les soirées du marquis de Lapierre, on lisait déjà, en petit comité, les *Méditations*, manuscrites, de M. de Lamartine. Le poëte, qui connaissait particulièrement cette famille, liée par de vieilles relations avec la sienne, adressait ses vers à un de ses amis, qui leur donnait, avec son admiration, la sonorité de sa voix. Mademoiselle Birch, qui allait, assure-t-on, être demandée en mariage par ce jeune gentilhomme, fut involontairement séduite par ces beaux chants. Elle voulut les voir et les relire, et elle demanda qu'on lui confiât chacune de ces pages à mesure qu'elles se révélaient. A partir de ce jour, mademoiselle Birch ne manqua jamais de venir le soir causer avec sa mère chez madame de Lapierre. M. de Lamartine, en recevant un jour les compliments de ses amis de Savoie, fut informé des admirations qui l'attendaient quand il passerait à Chambéry. On lui parla longuement de cette jeune Anglaise qui recopiait tous ses vers sur un grand album, et les encadrait dans des dessins dignes de les illustrer. Le poëte vint chez M. de Lapierre, et il rencontra le poëte inconnu qui peignait ses chants : les deux âmes se comprirent. Mais pour les unir, il y avait de grands obstacles à franchir : M. de Lamartine était catholique et mademoiselle Birch était protestante ; cependant elle ne protestait plus guère. Elle avait trouvé dans l'œil bleu du poëte, dans toute cette physionomie inspirée au profil antique, que le comte d'Orsay a frappée vivante dans le marbre, tout ce qu'il fallait pour la convaincre. Elle n'avait pas été trompée, elle avait vu face à face la gloire qui battait de l'aile dans les *Méditations*. Et ce livre-là, pour elle, était plus que la Bible de Luther. Cependant il fallut entrer en négociations pour vaincre madame Birch, qui n'autorisait pas la conversion de sa fille. La suite dira comment la marquise de Lapierre et ses amis réussirent dans leur mission délicate.

M. de Lamartine revint à Mâcon, n'y resta que quelques jours et se rendit, pour sa santé, à Aix-les-Bains. La marquise de Lapierre, madame Birch et leurs filles étaient venues s'y établir pour quelques semaines. « Je logeais, dit Lamartine, dans une maison peu éloignée de celle que ces dames habitaient, et j'y venais presque tous les jours passer la soirée comme en famille. L'hôte de la marquise était un excellent et pieux vieillard, nommé M. Perret, qui, pour accroître son modique revenu et pour gagner, l'été, le pain de l'hiver, louait pendant la belle saison quelques chambres garnies et tenait à bon marché une pension gouvernée par ses deux sœurs. Ce vieillard simple et respectable, dont la vie ascétique avait écrit la macération sur sa pâle figure, passait sa vie en solitude et en prières dans une chambre haute de sa maison. Il y vivait entièrement étranger aux tracas d'une maison publique, comme un ermite dans sa cellule, au milieu du bruit qui ne l'atteint pas. C'était un véritable saint qui, par modestie, s'était refusé la prêtrise, et qui passait sa vie recueillie entre la contemplation et l'étude des merveilles de Dieu dans sa création. Le saint était botaniste. On le voyait tous les matins, après avoir entendu la messe, gravir seul, sans chapeau, des portefeuilles sous le bras, des filets à prendre des insectes à la main, les pentes escarpées des ruelles d'Aix, qui mènent aux plus hauts plateaux des montagnes, tout en murmurant à demi-voix les versets de son bréviaire. Le soir, il en redescendait plus ou moins chargé de foin ou de pauvres papillons épinglés, dont il grossissait sa collection. La seule distraction qu'il se permît après le souper, le chapelet, la prière du soir, était un air de flûte, joué au bord de sa fenêtre donnant sur les prés de Tresserves. Il avait conservé ce goût de musique et cet instrument du temps de sa jeunesse où il avait été fifre dans un régiment du roi de Sardaigne. Il avait beaucoup d'amitié pour moi, parce que j'aimais à aller, à mes heures perdues, visiter son herbier et entendre les explications scientifiques et providentielles sur la vertu des plantes et sur les mœurs des insectes, toutes attestant, suivant lui, la grandeur et les desseins de la Providence.

« Les chuchotements de la maison lui avaient fait connaître la secrète intelligence qui existait entre la jeune Anglaise et moi, les obstacles que sa mère mettait par religion à ce penchant de sa fille, et les difficultés qu'elle apportait à nos entretiens. Il croyait de son devoir de les favoriser de toute sa complicité, pensant ainsi contribuer au safut d'une âme qui serait perdue, si le mariage ne la sauvait pas. Il me proposa d'être ma sentinelle dans la maison de ses sœurs, et de m'avertir, en jouant de la flûte, chaque fois que la mère vigilante sortirait sans sa fille pour la promenade. Ma fenêtre, dans une chambre de faubourg hors de la ville, était assez rapprochée pour que les sons aigus de l'instrument fussent saisissables à mon oreille et pour que je fisse cadrer mes visites avec l'absence de celle qui fut plus tard ma belle-mère. C'est ainsi que le saint homme servait en conscience un amour naissant, en croyant servir le ciel; c'est la première fois sans doute que la piété la plus sincère sonnait à des profanes l'heure des rencontres. »

Après la saison des bains, M. de Lamartine vint à Paris pour faire imprimer ses vers. Or, en corrigeant les épreuves de sa gloire, le poëte, pour répondre aux vives sollicitations de son père, qui ne croyait pas que la Muse dût enrichir ses amants, demanda une place à la diplomatie, et, sur les démarches de madame la marquise de Saint-Aulaire et de madame la duchesse de Broglie, M. Pasquier, ministre des affaires étrangères, le nomma troisième secrétaire d'ambassade à Naples. La veille du départ de M. de Lamartine pour son poste (1821), l'éditeur Gosselin mettait en vente les *Méditations poétiques*. Le premier exemplaire sorti des presses avait été envoyé à mademoiselle Birch à Chambéry. C'était un petit in-12 d'impression magnifique, tiré à cinq cents. Il ne portait pas de nom d'auteur. M. de Lamartine ne l'avait confié qu'à quelques amis, quand la Postérité le prit sur ses ailes. Le voilà donc parti, le petit livre, que M. de Genoude et le duc de Rohan patronnaient cependant, le petit livre qui avait déjà tant fait soupirer, le voilà parti! Il fera soupirer le monde! Le poëte s'en aperçut à peine. « La seule nouvelle que j'eus de mon sort, dans la matinée de mon départ, écrit-il, fut un mot de M. Gosselin m'annonçant que le public d'élite se portait en foule à sa librairie pour retenir les exemplaires, et un billet de l'oracle, le prince de Talleyrand, à son amie, la sœur du fameux prince Poniatowski, billet qu'elle lui renvoyait à huit heures du matin, et dans lequel le grand diplomate lui disait qu'il avait passé la nuit à me lire, et que l'âme avait enfin son poëte. » Mais le poëte allait aussi avoir sa muse. En se rendant à son poste, M. de Lamartine passa par Mâcon pour faire ses adieux, puis il se rendit en Savoie pour demander une dernière fois la main de mademoiselle Birch. Elle était convertie : la grâce et la gloire avaient opéré. Le mariage fut célébré dans la chapelle du château royal de Chambéry. Le comte Joseph de Maistre signa au contrat pour M. de Lamartine. Ce jour-là, il se fit un rajeunissement dans l'illustre vieillard : il avait vu la fiancée avec la robe blanche des catéchumènes lire les *Méditations*, et il apercevait avec ivresse, sur *les Soirées de*

Saint-Pétersbourg, se lever enfin une étoile.

Les nouveaux mariés partirent pour l'Italie. Nous ne saurions les suivre sur cette terre merveilleuse pour les belles âmes qui aiment le Beau et le comprennent. C'est là que Lamartine a jeté ses cris les plus éternels ; c'est là qu'il a rêvé les plus beaux rêves ; là, peut-être aussi, il a le plus aimé. Il a mêlé une larme à la vague de ces mers mélodieuses ; il a écrit son nom sur tous les rivages et les promontoires de cet immortel pays. On sent d'ailleurs un trait d'union d'une douceur mystique entre Lamartine et l'Italie. Ces deux mots devaient s'unir ; aussi les retrouve-t-on ensemble dans les plus belles inspirations du poëte, dans ses élans les plus heureux et les plus intimes.

Oui, l'Anio murmure encore
Le doux nom de Cynthie aux rochers de Tibur ;
Vaucluse a retenu le nom chéri de Laure ;
Et Ferrare aux siècles futurs
Murmurera toujours celui d'Éléonore...

Vois d'un œil de pitié la vulgaire jeunesse,
Brillante de beauté, s'enivrant de plaisir,
Quand elle aura tari la coupe enchanteresse,
Que restera-t-il d'elle? A peine un souvenir.
Le tombeau, qui l'attend, l'engloutit tout entière;
Un silence éternel succède à ses amours.
Mais les siècles auront passé sur ta poussière,
Elvire, et tu vivras toujours!

Ici, c'est l'accent de la postérité; elle parle dans des nombres d'or. Madame de Lamartine n'y croyait peut-être pas, cependant elle était heureuse de paraître y croire pour son mari. Toutes ses sollicitudes se concentraient alors sur un berceau : Julia venait au monde.

Qui peindra le bonheur de la mère? qui dira ses joies et ses larmes, ses espérances et ses désespoirs? L'enfant était faible en naissant; cependant elle se fortifia, vers sa deuxième année, avec les soins assidus et l'air pur des collines du Mâconnais. Julia fut élevée à Saint-Point, puis elle suivit ses parents partout où ils allèrent : on ne laisse pas derrière soi un si frêle et un si cher trésor! L'éducation et l'instruction de l'enfant furent faites par madame de Lamartine elle-même. Que j'aurais bien voulu entendre cette parole, qui parle avec la rhétorique imprévue des mères! Heureux ceux qui ont pu l'écouter. Julia en profita bien, car, à six ans, elle lisait couramment les *Méditations*, et quelquefois le soir elle récitait par cœur, en se couchant, le *Crucifix*. Alors elle avait fait sa prière. Madame de Lamartine, qui était d'une piété angélique, voulut que sa fille connût Dieu en entrant dans la vie. Or, elle faisait lire Julia dans cette vieille Bible de Royaumont, dont il est parlé dans les *Confidences*, et l'enfant, comme son père jadis, en admirait les images, en sentait la poésie. Mais la force physique ne répondait pas assez à cette précoce intelligence, et, malgré tous les soins qui lui furent donnés, Julia, le jour de sa première communion, n'était pas assez robuste pour porter son cierge, un gros cierge dont on fait ce jour-là hommage au curé, et que les enfants tiennent à la messe comme symbole de la Foi, une flamme qui brûle et s'éteint au moindre vent. Cependant Julia était ardente à l'étude; son éducation était plus avancée que ne l'est ordinairement celle des enfants du même âge. C'est qu'il est de ces natures tendres et sensitives de vivre vite et de vivre mieux. Elles comprennent à douze ans ce qui ne s'apprend qu'à quinze; la Providence, dans sa justice, a voulu qu'avant de quitter le monde elles en savourent la science pleine d'amertumes et de joies. Or, à onze ans, Julia savait le dessin, la peinture et la musique comme sa mère. On pourrait voir encore chez M. de Lamartine, dans des cartons de famille, les petits paysages du Mâconnais qu'elle esquissait déjà. On reconnaît, dans le trait, de la mélancolie et de la tristesse; elle trahit son école et son origine; il y avait dans le crayon de cette enfant-là de l'âme et de la douleur. Mais la santé de Julia éprouva une forte secousse; c'était peut-être encore une crise d'enfance. Cependant les médecins conseillèrent à M. de Lamartine de faire un voyage en Orient. Madame de Lamartine accueillit cette pensée avec bonheur. Dans son ingénieuse tendresse de mère, elle s'était dit sans doute : Julia reviendra; il y a de la vie dans le soleil! Les sentiments d'une piété naturelle lui assuraient aussi, à elle catholique fervente, qu'il y avait un grand remède dans un pèlerinage fait à ces lieux sanctifiés par la mère de Jésus. Oserez-vous encore maintenant, vous qui avez si vivement accusé Lamartine d'avoir dissipé une grande partie de sa fortune en Orient, oserez-vous encore jeter vos plaintes injustes vis-à-vis des deux cercueils qui sont à Saint-Point,... là-bas? Mais comme il fallait profiter du beau temps et des jours de l'été pour passer la mer, on se prépara au voyage, et Julia, en partant, regarda une dernière fois avec son âme les belles collines du Mâconnais. Elle pleura beaucoup en quittant toute la famille, qui était réunie pour les adieux, et elle dit à la sœur de Lamartine, madame la comtesse de Cessiat : « Oh ! ma tante, si nous faisions naufrage, et qu'on retrouvât mon corps, faites-le enterrer à Saint-Point. » Je n'essayerai pas de compter les vœux que Lamartine reçut sur sa route, les chants qui s'élevèrent du fond des vallées et sur le versant des montagnes pour lui souhaiter bon voyage. Il y eut, ce jour-là, un immense réveil de la lyre en France. Les strophes qu'Aimé de Loy lui adressa de Besançon sont venues jusqu'à nous :

Tu pars ! Vas-tu revoir ce sol plein de merveilles,
Ces horizons noyés dans des vapeurs vermeilles,
Ces dieux couchés dans l'herbe et ces marbres épars,
Ce ciel bleu, cette mer de Naple, aux mille voiles,
Qui semble un second ciel tout blanchissant d'étoiles,
Ou la Niobé des Césars ?

Non, tu vas visiter ces homériques plages,
Où l'Europe a tenu dans le camp des Pélages ;
L'Argolide, bassin d'où coulait l'Orient ;
Les tombeaux mutilés de Sparte ou de Pergame,
Lieux où Byron porta le chaos de son âme,
Lieux où rêva Chateaubriand !

Et moi, qui vins m'asseoir à ton foyer champêtre,
Moi qui, jadis, ai bu dans ta coupe de hêtre,
Je suivrai ton vaisseau dans son rapide essor,
Et ma voix redira cet adieu poétique :
« Vaisseau, porte Virgile aux rives de l'Attique
Et garde-nous notre trésor. »

En arrivant à Marseille, la poésie souhaita la bienvenue aux voyageurs. C'est M. Autran, un jeune homme encore, qui les reçut. Ce jour-là il écrivit de beaux vers, les plus beaux qu'il ait jamais faits avec ceux que, dix mois plus tard, lui inspira le cercueil que rapportait *l'Alceste*. L'Académie de Marseille vint aussi à la rencontre de l'auteur des *Méditations*, et Lamartine lui dit :

Si j'abandonne aux plis de la voile rapide
Ce que m'a fait le ciel de paix et de bonheur,
Si je confie aux flots de l'élément perfide
Une femme, un enfant, ces deux parts de mon cœur...

Et je n'ai pas couché mon front dans la poussière
Où le pied du Sauveur en partant s'imprima,
Et je n'ai pas usé, sur mes lèvres, la pierre
Où, de pleurs embaumé, sa mère l'enferma...
Et je n'ai pas frappé ma poitrine profonde
Aux lieux où, par sa mort, éclairant l'avenir,

Il ouvrit ses deux bras pour embrasser le monde
Et se pencha pour le bénir.

Voilà pourquoi je pars, voilà pourquoi je joue
Quelque reste de jours inutile ici-bas.
Qu'importe sur quel bord le vent d'hiver secoue
L'arbre stérile et sec et qui n'ombrage pas.

Adieu donc, mon vieux père, adieu, mes sœurs chéries;
Adieu, ma maison blanche, à l'ombre du noyer;
Adieu, mes beaux coursiers, oisifs dans les prairies,
Adieu, mon chien fidèle, hélas! seul au foyer.
Votre image me trouble et me suit comme l'ombre
De mon bonheur passé qui veut me retenir :
Ah! puisse se lever moins douteuse et moins sombre
L'heure qui doit nous réunir!

On mit à la voile le 20 mai 1832. La mer était douce, le ciel était beau; une petite brise d'est soufflait vers Jérusalem. *L'Alceste*, qui emportait M. de Lamartine, était un petit navire de deux cent cinquante tonneaux et de seize hommes d'équipage, appartenant au petit port de la Ciotat. Tout avait été disposé le plus confortablement possible à bord. Il y avait trois chambres :

la plus grande, qui contenait une bibliothèque de cinq cents volumes choisis, était réservée à madame de Lamartine et à Julia; l'autre était occupée par trois amis, MM. Amédée de Parseval, de Capmas, et le docteur de la Royère, qui accompagnaient les voyageurs. La troisième, qui n'était plutôt qu'une petite cabine, recevait le jour par une étroite croisée à fleur d'eau; elle avait pour ameublement un matelas, un fauteuil et une table étroite clouée à la carcasse du navire. C'est là que Lamartine écrivit les pages volantes de son *Voyage en Orient*. Je ne sais s'il trempa sa plume dans l'Océan, mais il en fit des paysages qui en égalaient les profondeurs et le sublime. Il n'y a que ce journal qui puisse nous guider maintenant. Madame de Lamartine veille dans le secret sur un enfant malade confié aux mers; elle salue de loin tous les rivages et s'écrie : « Ce n'est pas là cette Jérusalem où nous allons? » Non, on n'est pas encore dans les mers de la Grèce; on n'a pas encore chargé les quatre canons qui attendent sur le pont les pirates de l'Archipel. Enfin, voici Sunium, où Platon parla de l'immortalité de l'âme. Lamartine est sur le pont; il s'enivre de ce ciel éclatant qui vit naître le plus beau dogme du Monde Antique et la croyance la plus consolante de l'Humanité. Il appelle Julia qui est dans sa chambre; il veut qu'elle s'enivre d'une douce et suave lumière. Julia ne répond pas : qu'est-il arrivé? Ouvrons le journal de Lamartine.

« 12 août 1832.—Vive inquiétude sur la santé de ma fille. Nous sommes à l'ancre. Triste promenade au temple de Jupiter Olympien et au Stadi. Bu des eaux du ruisseau bourbeux et infect qui est l'Ilissus.

« 23 août 1832 (dans les Cyclades).—Je passe la nuit à soigner Julia et à me promener sur le pont. Nuit douloureuse! combien de fois j'ai frémi en pensant que j'ai mis tant de vies sur une seule chance! Que je serais heureux si un Esprit céleste emportait Julia sous les ombres paisibles de Saint-Point. Coup de vent furieux entre l'île d'Amorgos et celle de Stamplia. Gémissements douloureux du navire. Coups sourds de la lame sur la poupe. Roulis qui nous jette tantôt sur une vague, tantôt sur l'autre.... »

Peu à peu la mer s'adoucit et on arriva à Beyrouth, le 6 septembre, à neuf heures du matin. A terre, Julia se trouva mieux.

On s'installa promptement : madame de Lamartine avait hâte de reprendre la vie de famille; cela devait remettre aussi sa fille souffrante. Mais on ne saurait pénétrer toutes les joies et toutes les tendresses de l'intimité sur cette terre d'Orient; il faut ouvrir les notes de voyage. Il est écrit de Julia : « Sa mère lui tressait les longues boucles de ses cheveux blonds à l'imitation de celles des dames de Beyrouth; on lui arrangeait son châle en turban sur sa tête. Je n'ai rien vu de plus ravissant parmi tous les visages de femme qui sont gravés dans ma mémoire, que la figure de Julia coiffée ainsi du turban d'Alep avec la calotte d'or ciselé d'où tombaient des franges de perles et des chaînes de sequins d'or. » Puis vinrent une série de fêtes arabes. « Julia va à la noce (12 septembre 1832) d'Habib-Barbara, interprète de M. de Lamartine. » Le 16 septembre, un petit atelier de peinture est installé dans la maison des pèlerins : « Ma femme et Julia ont peint les murs à fresque. » Quand enfin l'habitation fut complétement préparée pour l'hiver, Lamartine fit une excursion dans les montagnes de Beyrouth. Il avait hâte de fouler tous ces sentiers lumineux et immortels déjà chantés par Chateaubriand. Mais son absence ne fut pas longue; le 5 octobre, il était de retour : « J'ai retrouvé, dit-il, ma femme et mon enfant en bonne santé, occupées à embellir et à orner notre séjour d'hiver. » Voilà une note rassurante sur laquelle le poëte va entreprendre un plus long voyage. Donc il vit, cette fois-ci, le

Carmel, le Thabor, Gethsémani, Bethléem, le Cédron, la vallée de Josaphat, les sources de Siloë, Nazareth et Jérusalem. Dans la chapelle du Saint-Sépulcre, il fit célébrer deux messes pour madame de Lamartine et pour Julia. Mais, pendant tout le grand mois qu'il fut en route, il ne reçut aucune nouvelle de sa chère malade; les Arabes infestaient le désert et la poste n'y passait qu'avec de fortes caravanes. Enfin, le 3 novembre, il fut tiré de ses craintes : « Un courrier de Jaffa m'apporte des lettres qui me rassurent sur la santé de ma fille. » Cependant il avait hâte de revoir son enfant, et il fut bientôt de retour à Beyrouth. Le 19 novembre, il sortit avec Julia; il lui fit voir les ruines de Balbeck, comme un de ces grands spectacles qu'on doit graver dans l'imagination de la jeunesse. « Ce jour-là, dit-il, elle montait pour la première fois un cheval du désert, que je lui avais ramené de la mer Morte, et dont un domestique arabe tenait la bride. Nous étions seuls. La journée, quoique de novembre, était éclatante de lumière, de chaleur et de verdure. Jamais je n'avais vu cette admirable enfant dans une ivresse si complète de la nature, du mouvement, du bonheur d'exister, de voir et de sentir. Elle se tournait à chaque instant vers moi pour s'écrier; et quand nous eûmes fait le tour de la colline de San Dimitri, traversé la plaine et gagné les pins où nous nous arrêtâmes : « N'est-ce « pas, me dit-elle, que c'est la plus longue, « la plus belle et la plus délicieuse prome- « nade que j'aie encore faite de ma vie? » Hélas! oui, et c'était la dernière! Quelques jours après, Julia n'était plus. Elle mourait le 5 décembre 1832, entre les bras de son père et de sa mère, dans cette délicieuse maison qu'elle avait peinte et ornée. C'était à onze heures de la matinée qu'elle rendit son âme à Dieu. L'air était chaud, c'était un des beaux jours du soleil. Les petites filles arabes dansaient devant la porte, sous les larges palmiers, sans songer qu'il y avait de grandes tristesses tout auprès. Il y avait au chevet de Julia, avec ses parents, un religieux d'un couvent chrétien de Beyrouth. C'est lui qui présenta une dernière fois le crucifix aux lèvres de l'agonisante, puis il le remit aux pauvres déshérités comme un suprême adieu :

Voilà le souvenir, et voilà l'espérance :
Emportez-les, mon fils.

Julia fut embaumée avec des parfums d'aloès et de nopal, les parfums avec lesquels on embauma Jésus; puis on la mit dans un linceul blanc. Sa tête était légèrement soulevée, ses blonds cheveux bouclés retombaient sur son cou; sa paupière, doucement abaissée, lui donnait l'air d'une jeune fille qui dort et fait un beau rêve. Ses parents voulurent la voir une dernière fois, puis on ferma le cercueil qui fut déposé dans un caveau provisoire à la porte duquel deux janissaires du consulat de France à Beyrouth, silencieux comme tous es assistants, roulèrent une grande dalle de marbre noir, pareille à celle qu'autrefois les proconsuls romains jetèrent à l'entrée du tombeau du Christ. Mais Julia devait en quelque sorte ressusciter aussi, car elle avait dit : « Si nous faisions naufrage, et qu'on retrouvât mon corps, faites-le enterrer à Saint-Point, c'est là que je veux mourir. » Mais, pour retourner en France, il fallut laisser passer les mauvais jours. L'hiver fut triste et nu, les oliviers des collines de Beyrouth se dépouillèrent de leurs dernières feuilles, et tout ce qui avait forme se présentait aux parents désolés avec les angles froids et droits d'un corbillard. Et le poëte pleurait Julia :

C'était le seul débris de ma longue tempête,
Seul fruit de tant de fleurs, seul vestige d'amour ;
Une larme au départ, un baiser au retour :
Pour nos foyers errants une éternelle fête !
C'était, sur ma fenêtre, un rayon de soleil,
Un oiseau gazouillant qui buvait sur ma bouche,
Un souffle harmonieux, la nuit, près de ma couche,
Une caresse à mon réveil.

C'était le seul anneau de ma chaîne brisée,
Le seul coin pur et bleu dans tout mon horizon.
Pour que son nom sonnât plus doux dans la maison,
D'un nom mélodieux nous l'avions baptisée.
C'était mon univers, mon mouvement, mon bruit,
La voix qui m'enchantait dans toutes mes demeures,
Le charme ou le souci de mes jours, de mes heures,
Mon matin, mon soir et ma nuit.

Eh bien ! prends, assouvis, implacable justice
D'agonie et de mort, le besoin immortel ;
Moi-même je l'étends sur ton funèbre autel.
Si je l'ai tout vidé, brise enfin mon calice.
Ma fille ! mon enfant ! mon souffle ! la voilà !
La voilà ! J'ai coupé seulement ces deux tresses,
Dont elle m'enchaînait, hier, dans ses caresses,
Et je n'ai gardé que cela !

Cependant, après quatre longs mois passés dans les larmes et dans la prière, M. et madame de Lamartine virent revenir le printemps ; ils reçurent leurs connaissances de Beyrouth et sortirent avec leurs amis. Ils croyaient rencontrer Julia au soleil dans la verdure et dans les fleurs. Qu'elle est suave la foi de la famille ! Qu'elle est belle la philosophie des mères! M. de Lamartine retourna donc aux ruines de Balbeck pour voir s'il n'y retrouverait pas sa fille qui s'y était promenée peu de jours avant sa mort; mais il ne vit même pas son ombre. Alors il s'assit sur les marbres rongés, et il s'écria, comme la Solitude :

Et s'il revient jamais, son chien même, incertain,
Ne reconnaîtra plus ni sa voix, ni sa main.
Il a laissé tomber et perdu, dans sa route,
L'étoile de son œil, l'enfant qui, sur sa route,
Répandait la lumière et l'immortalité.
Il mourra sans mémoire et sans postérité.

Et maintenant, assis sur la vaste ruine,
Il n'entend que le vent qui rend un son moqueur;
Un poids courbe son front, écrase sa poitrine,....
Plus de pensée et plus de cœur!

Madame de Lamartine, elle, était plus confiante; il y avait de la lumière dans son désespoir; et quand elle faisait sa promenade du matin autour de Beyrouth, elle disait, comme dans une élégie des montagnes de Syrie : « Ma fille est morte! mais, dans les boutons de fleurs, je revois la beauté de son âme; son œil, je le retrouve dans celui de la gazelle; la liane balancée par le vent a sa grâce. Elle est morte! et tous ses charmes sont dispersés dans le désert. » Que cet hymne est consolant dans son accent panthéiste! on croit respirer un souffle des croyances universelles et éternelles de l'Inde, et on est heureux de le trouver sur des lèvres chrétiennes au pied du Golgotha. Mais la mer se faisait douce, et Julia voulait rejoindre les cendres de ses pères. *L'Alceste* était revenu à Beyrouth pour reprendre les voyageurs, et il fut convenu que, pour épargner une douleur nouvelle à la malheureuse mère, les pèlerins ne remonteraient pas sur le même navire qui les avait apportés, heureux et confiants, avec la charmante enfant qu'ils avaient perdue. *L'Alceste* reçut le dépôt sacré, le cercueil de Julia, et M. de Lamartine, avec sa famille et ses amis, s'embarqua sur *la Sophie;* et les deux navires mirent ensemble à la voile. Ils arrivèrent bientôt à Marseille, et M. Autran eut le douloureux honneur de les chanter :

Pleurez, sombres rochers ; pleure, triste zéphyre :
Et vous, flots de la mer, brisez-vous sur l'écueil ;
Vous qui naguère, hélas ! emportiez son navire,
Vous nous rapportez son cercueil !

Le 26 mai 1833, Julia de Lamartine arrivait à Saint-Point. Le village avait mis ses plus beaux habits, les vieillards avaient repris de la jeunesse, comme les Anciens des livres bibliques, qui retrouvaient l'agilité de l'enfance quand les prophètes avaient dit qu'un Ange, une âme vêtue de blanc passerait chez eux. Les châtaigniers du chemin, qui avaient poussé leurs premières feuilles, formaient comme un rideau mortuaire où la lumière miroitait. La nature était triste cependant dans sa flamme ; les ramiers du château coupaient l'air au hasard avec leurs ailes blondes, et les colombes pleuraient en oucoulant. Julia fut descendue dans sa fosse. Elle avait revu Saint-Point avec les fleurs du printemps.

Les pervenches tapissaient les collines, les violettes embaumaient la vallée.

II

Dans sa douleur, Lamartine eut une grande parole. Il dit : « Ma famille désormais, ce sera la France ; ma Patrie succède à ma fille; du moins celle-là ne me sera pas enlevée; et quand j'aurai vécu pour elle, elle me fermera les yeux. » Hélas! oui; celle qui l'aima toute sa vie vient de mourir ; il n'y a plus que la France à l'ensevelir et à pleurer sur lui.

Mais ce n'est pas ici le lieu des idées tristes et des pensées noires. L'œuvre de poëte prend un caractère nouveau, celle de madame de Lamartine s'en ressent aussi. Il est dans la saison la plus éclatante de son âme; chaque pas qu'il a fait dans la carrière a retenti; son cœur palpite avec le cœur de son pays. C'est qu'aussi il a donné tous ses chefs-d'œuvre : *les Méditations* sont parues en 1820 et en 1823; puis il a pleuré *la Mort de Socrate* (1824); il a fait *le Chant du Sacre* et *le Pèlerinage de Child-Harold* (1825); Cuvier l'a reçu à l'Académie française (1830); enfin il a publié, à l'aube de la Révolution de Juillet, *les Harmonies poétiques et religieuses,* un cri d'amour sur le sang, une prière sur tant de débris. En ce temps-là aussi, il parle éloquemment contre la peine de mort : dans le grand poëte, le grand citoyen se dessine. Il a donné *la Politique rationnelle* (1831); il entre dans le vif des questions sociales; il possède la science des gouvernements : bientôt l'orateur et le tribun vont naître.

Cependant la Muse est jalouse; elle est

triste de voir son enfant privilégié déserter son autel. Pour le retenir, elle va lui faire le plus éclatant triomphe. Et vraiment ce fut une grande date que celle des *Harmonies*, malgré leur ton légitimiste.

Serions-nous donc pareils au peuple déicide
Qui, dans l'aveuglement de son orgueil stupide,
Du sang de son sauveur teignit Jérusalem,
Prit l'empire du ciel pour l'empire du monde,
Et dit en blasphémant : « Que ton sang nous inonde,
« O Roi de Bethléem ! »

Ah ! nous n'avons que trop attristé cet empire,
Depuis qu'humbles proscrits échappés du martyre,
Nous avons du pouvoir confondu tous les droits,
Entouré de faisceaux les chefs de la prière,
Mis la main sur l'épée et jeté la poussière
Sur la tête des rois.

Voilà, de tous nos maux, la fatale origine;
C'est de là qu'ont coulé la honte et la ruine,
La haine, le scandale et les dissensions ;
C'est de là que l'enfer a vomi l'hérésie,
Et que, du corps divin, tant de membres sans vie
Jonchent les nations.

M. Sainte-Beuve, alors dans sa ferveur

première, écrivait : « Lamartine avait d'abord une nacelle,... puis la nacelle est devenue une barque plus hardie, plus confiante aux étoiles et aux larges eaux ;... la barque a fait place au vaisseau : ç'a été la haute mer, cette fois le départ majestueux et irrévocable. Plus de rivage, qu'au hasard, çà et là et en passant. Les cieux, rien que les cieux, et la plaine sans bornes d'un océan pacifique. Le bon océan sommeille par intervalles ; il y a de longs jours de calmes monotones. On ne sait pas bien si on avance, mais quelle splendeur même alors au poli de cette surface ! quelle succession de tableaux à chaque heure des jours et des nuits ! quelle variété miraculeuse au sein de la monotonie apparente ! et, à la moindre émotion, quel ébranlement redoublé de lames puissantes et douces, gigantesques, mais belles ! et surtout et toujours l'infini dans tous les sens ! *Profundum ! Altitudo !* » Mais M. de Lamartine est entré dans la politique ; les électeurs de Bergues l'ont envoyé à la Chambre, et la ville de Mâcon, jalouse de voir son illustre enfant représenter une de ses sœurs du nord, le nomme son député aussi; mais il opte pour Bergues. Puis il publie la *Chute d'un Ange*, les *Recueillements*, *Des Destinées de la poésie*, le *Voyage en Orient*, *Jocelyn*, les *Mélanges poétiques et Discours*, la *Question d'Orient*, et il prépare l'*Histoire des Girondins*.

M. de Lamartine travaille; il est dans l'époque active et puissante de sa vie, son génie est calme : la fièvre, qui viendra plus tard, n'a pas encore mis le doigt sur son âme. Il travaille; madame de Lamartine veille auprès de lui. C'est un spectacle touchant de voir sa constante sollicitude : elle entoure son mari de ses conseils et de son amour; elle est partout où il est, recueillant toutes ses paroles et tous ses regards. C'est qu'elle a compris que la Providence lui a confié une âme, une âme de poëte, d'orateur et de tribun. Elle n'est pas vulgaire, n'est-ce pas? cette mission de toutes les heures et de tous les instants, ce soupir incessant et généreux. Et cette vie chaste, qui veille sur la chasteté d'une autre vie, est admirable. C'est un ange que le ciel a mis auprès de Lamartine pour défendre sa gloire.

Aussi, avec quels soins madame de Lamartine s'acquitte de ses devoirs! quelle tendresse et quelle activité! Elle s'occupe de tout, et des détails intérieurs de la maison, et de la correspondance de son mari, et des moindres pages qu'il écrit. Ces pages, elle les recueille une à une, les recopie pour l'imprimeur, et réussit à garder ainsi, pour la postérité, les manuscrits du grand poëte. Elle est curieuse et touchante, cette idée de madame de Lamartine; les amateurs d'autographes lui devront de la gratitude dans l'avenir. Jusqu'ici, tous les manuscrits de l'auteur des *Girondins* sont donc sauvés.

Nous avons dit l'histoire des *Méditations poétiques;* tous les vers en furent copiés pour madame de Lamartine et mis par le poëte, à la longue et aristocratique écriture, dans la corbeille de noces! précieux hommage auquel s'en joignit bientôt un autre plus précieux. M. de Lamartine venait de composer *Jocelyn*, ce lumineux et sublime paysage d'une âme sanctifiée par le sacerdoce et le génie; *Jocelyn*, où se retrouve « un fragment d'épopée intime, ce n'est pas, comme on l'a cru, le type sacerdotal : le sacerdoce n'est même que le cadre et non le sujet. Le prêtre moralement et physiquement connu a une autre dimension que *Jocelyn*. »

Ce poëme, « qui n'est qu'un épisode, » écrit au jour le jour, par la montagne, dans la vallée, sur un bloc de granit ou à l'ombre d'un châtaignier, avait été confié par Lamartine à un gros registre en partie double, ou plutôt à un gros album servant de registre. Sur cet album, le poëte avait établi, au verso, le compte de tous ses honnêtes et nombreux vignerons de Saint-Point et de Montceau : chacun se trouvait là avec ses journées, son domicile, son âge et son village, ou plutôt le numéro de sa maisonnette, sans penser que, tout auprès, au recto, palpitait *Jocelyn* et se bâtissait le presbytère de Valneige, d'éternelle mémoire. Néanmoins, pendant qu'on vendangeait les vignes, Lamartine achevait son poëme, et le jour vint de l'envoyer à l'éditeur. Il allait partir pour Paris quand madame de Lamartine l'arrêta : « Comment, s'écria-t-elle, c'est le registre de compte des vignerons que M. de Lamartine envoie ! Il a fait erreur. » Puis elle tourna une page : « Mais non, c'est bien *Jocelyn !* » et elle se mit à rire en feuilletant l'album où la Poésie, le Dessin et la Comptabilité rayonnaient dans la gloire. Puis elle courut dans son cabinet de travail et recopia intrépidement *Jocelyn*, qui fut adressé à Paris après un retard de quelques jours. M. de Lamartine, qui était sorti au moment de ce petit coup de théâtre, rentra bientôt et ne parla de rien ; il ne s'informa pas si le facteur avait pris l'envoi ; il le croyait bien sous presse quand, au déjeuner de famille, madame de Lamartine lui remit l'album qui contenait le compte de tous les vignerons et lui dit qu'elle venait de recopier *Jocelyn* et qu'elle allait l'adresser à Paris. Il resta tout étonné, puis il se ravisa, se souvint qu'il était poëte, dans *Jocelyn* surtout, et qu'il avait perdu de vue ses chers et laborieux vignerons devant les douleurs d'une âme sacerdotale en peine.

Plein d'admiration et de reconnaissance, Lamartine demanda une plume et il écrivit à la première page de *Jocelyn* :

A MARIA ANNA ELIZA.

Doux nom de mon bonheur, si je pouvais écrire
Un chiffre ineffaçable au socle de ma lyre,
C'est le tien que mon cœur écrirait avant moi,
Ce nom où vit ma vie et qui double mon âme !
Mais pour lui conserver sa chaste ombre de femme
Je ne l'écrirais que pour toi !

Lit d'ombrage et de fleurs où l'ombre de ma vie
Coule secrètement, coule à demi tarie,

Dont les bords, trop souvent, sont attristés par moi;
Si quelque pan du ciel par moment s'y dévoile,
Si quelque flot y chante en roulant une étoile,
Que ce murmure monte à toi!

Abri dans la tourmente où l'arbre du poète,
Sous un ciel déjà sombre, obscurément végète
Et d'où la séve monte et coule encore en moi,
Si quelque vert débris de ma pâle couronne
Refleurit aux rameaux et tombe aux vents d'automne,
Que ces feuilles tombent sur toi!

Voilà l'œuvre dédiée à madame de Lamartine! Voilà le poëme deux fois glorieux! Voilà les comptes des vignerons et *Jocelyn* conservés! La Postérité maintenant pourra constater que, dans ce manuscrit de deux mille vers, il n'y a pas une rature, prodige éclatant qui ne sera peut-être pas cru de tous les poëtes! Eh bien! je le répète, toutes les pages écrites par Lamartine jusqu'à ce jour nous sont ainsi parvenues; il en manque quelques-unes cependant, ce sont celles des *Girondins*. Pourquoi cette lacune? A qui l'attribuer? Ce serait impossible à dire.

Madame de Lamartine n'avait-elle pas de sympathie pour cet ouvrage ou bien le vit-elle, comme quelques écrivains autoritaires de ce temps-là, avec un œil plein de tristesse. On n'en sait rien. Cependant on le croirait difficilement, car il y avait dans l'esprit de cette femme des idées très-libérales, très-sincères et très-lumineuses sur la Révolution de 89. Elle croyait entièrement aux principes qu'elle avait révélés, aux droits qu'elle avait consacrés; puis, dans ses rapports assidus avec le peuple et l'ouvrier, elle s'était fait, contre toutes les idées anglaises, avec l'esprit droit et honnête du travailleur. Elle avait vu, dans les mansardes qu'elle visitait, des douleurs et de l'intelligence. Elle avait compris que la douleur se trouvait consolée même par cette intelligence autant que par les remèdes ordinaires de l'art. Donc madame de Lamartine ne pouvait avoir d'antipathie pour les *Girondins*, qui constatent et glorifient les principes de 89. Et, si ce manuscrit manque à l'héritage qu'elle a laissé aux bibliographes, c'est sans doute à ses nombreux devoirs de charité (car on souffrait beaucoup à Paris en ce temps-là), qu'il faut en attribuer la cause.

Dans ce commerce intellectuel, madame de Lamartine avait pris à son mari toutes ses qualités ardentes, qu'elle savait tempérer heureusement. Elle possédait son sentiment, son élocution et presque son écriture. Il serait bien intéressant pour un critique, le parallèle et la discussion de ces deux styles; mais, dans ses lettres, on ne saurait guère s'y connaître; dans les deux modèles, on retrouverait toujours l'éloquence du cœur auprès de la simplicité et des images. Sa correspondance variait suivant les personnes; avec celle-ci, elle était affectueuse; avec celle-là, elle était sans rémission; cependant dans ses conseils les plus sévères, elle mêlait toujours quelque charme et faisait sourire le Devoir. Les lettres de madame de Lamartine seront peut-être un jour recueillies et publiées; peut-être les amis qu'elle mettait dans ses confidences les plus journalières seront-ils assez généreux pour faire jouir le public de cet esprit juste et droit, de ce bon sens tout français, et de cette élocution toute du cœur. On croira presque qu'ils nous le doivent, quand on saura qu'elles ont tous les traits fins et distingués de cet excellent génie, toutes les empreintes de ce noble et heureux caractère. Elles réfléchissent sous toutes leurs faces l'esprit de conversation, de société, de politesse, d'élégance et d'amabilité. Elles ont le piquant, l'imprévu et l'accent le plus délicat du genre. On sent qu'elle excelle, comme madame de Sévigné, à « laisser trotter sa plume la bride sur le cou. »

On pourrait avec ces lettres suivre tout le mouvement littéraire des trente dernières années, c'est-à-dire du quart le plus éclatant de ce siècle. Madame de Lamartine, qui n'écrivait pas, eût pu écrire; peut-être aussi eût-elle pu, comme Corinne, monter au Capitole; mais elle n'admettait pas que ces triomphes-là fussent de son sexe : la femme se doit au foyer et non à la foule. Cependant elle lui permettait bien de se mêler à quelques succès; de les discuter au besoin, mais dans l'intimité et sans bruit, et cela pour conserver toujours cet esprit de rectitude et de justice qui doit être la femme elle-même. Ainsi, elle écrivait à un de ses amis sur *l'Insecte* de M. Michelet : « M. Michelet est très-heureux de vous avoir pour panégyriste, vous faites bien ressortir toutes les clartés, sans laisser soupçonner une ombre. Il y a toujours assez de gens pour blâmer; c'est bien plus beau de faire goûter les beautés. Mais il y a encore une chose que je reproche à M. Michelet et à vous, d'après lui, c'est de donner le nom et la valeur de l'amour à la *fonction* de l'insecte. Non, l'amour n'est pas l'ivresse d'un moment qui conduit à la mort, et qui survit au delà de ce monde : les brutes même connaissent un meilleur amour : le chien suit son maître au tombeau et meurt! Quelle pauvreté de langue de n'avoir pas deux mots pour exprimer deux choses si différentes. Rabaisser ainsi l'amour n'est pas un progrès et, puisque ce mot me vient, je dirai encore, que je n'admets pas le progrès dans l'*insecte*, qui, depuis six mille ans, fait la même chose dans les mêmes conditions de race. Non, laissez à l'Humanité le progrès et l'amour, ce n'est pas trop pour elle. » J'eus pu multiplier les citations de ce genre, mais il m'a semblé qu'il ne fallait pas déflorer ces lettres entièrement inédites, au parfum si pur et si vrai. Pour les comprendre, il les faudrait lire dans leur ensemble et tout au long. Si le sujet est grave, madame de Lamartine est grave comme lui ; s'il est romanesque, elle devient piquante et vive. C'est ainsi qu'elle disait à l'un de nos plus puissants romanciers : « Monsieur, votre héroïne me plaît : elle meurt d'amour à quarante ans ! c'est beau de mourir d'un coup de soleil. » Le mot était à la hauteur du livre, qui fut beaucoup lu.

Ce culte de madame de Lamartine pour les choses de son temps avait des moments d'exquise bienveillance et de grande générosité. Elle se chargeait souvent de présenter à son mari des vers qui ne méritaient pas la lecture, et pour lesquels les auteurs attendaient des encouragements, sinon des éloges. Auprès de lui, elle protégeait les inconnus, les rêveurs de province et les malheureux incompris. Mais aussi, quand elle rencontrait un talent jeune et sincère, avec un avenir certain, comme elle sympathisait et essayait de lui être utile. Il faut lire dans *Geneviève* les pages consacrées à Reine Garde. Madame de Lamartine écoute la pauvre ouvrière qui lui conte la mort de son chardonneret comme une pauvre mère qui pleurerait son enfant. C'est qu'elle avait vu jaillir dans l'âme de l'humble couturière la source des grands sentiments. Aussi Reine Garde, touchée de cette cordialité tendre qui exclut toute timidité à une étrangère, « l'aima du premier coup d'œil, s'y attacha par la conformité des bons cœurs, et ne cessa pas de lui écrire, une ou deux fois chaque année, pour lui envoyer des vœux ou des souvenirs renfermés dans de petits ouvrages de sa main. » Sur sa route, madame de Lamartine ne fit jamais que des heureux ; il n'y a pas de personne qui l'ait approchée sans en garder la plus douce et la meilleure pensée. Dans son intérieur, quand elle recevait, c'était toujours la même simplicité mêlée d'un grand charme, et on était heureusement surpris : c'est si rare dans les salons ! Elle faisait son style avec son monde : elle avait, pour les désœuvrés, des scènes de parc, de jardin, des promenades sur l'eau, des causeries autour d'un fauteuil ; enfin une langue variée, innocente, captivante, tendre et railleuse, avec de beaux éclairs de raison toujours. Pour les penseurs et les esprits sérieux, elle avait les questions modernes sous leurs nuances les plus fines et les plus vraies, un fonds d'observations morales presque inépuisable ; puis des solutions sur des systèmes en litige, des coups de pinceau délicieux sur la société contemporaine vue de face ou de profil dans ses noirceurs ou sa lumière, et, malgré cette sollicitude désœuvrante qu'impose le monde, malgré ces attentions continuelles et inutiles qu'il exige, madame de Lamartine s'occupait encore d'elle-même. C'était l'Activité spirituelle, absolue, incessante : « Elle travaillait tous les jours, suivant l'admirable expression de madame de Sévigné, à son esprit, à son âme, à son cœur, à ses sentiments; » aussi peut-on dire que madame de Lamartine a réalisé en ce monde l'idéal le plus rare, le plus impossible peut-être. Elle a été la compagne d'un homme de génie, dont elle a surveillé et gardé pieusement la gloire, sans qu'elle ait un seul instant laissé absorber, dans le rayonnement de l'époux, l'individualité puissante et salutaire de l'épouse.

Ni humiliée, ni exaltée, elle a toujours, à toute heure, compris, aidé, aimé, servi le talent qui la dépassait par l'expression, mais qu'elle rejoignait par le sentiment. Depuis ce jour où, enivrée par les *Méditations*, elle aimait, avant de l'avoir vu, le jeune poëte qui la convertissait par l'enthousiasme au Catholicisme, jusqu'aux derniers instants de cette longue existence, si éclatante et si cruellement éprouvée, elle n'a pas cessé une minute d'écouter, pour ainsi dire, les pulsations du cœur qui battait près du sien.

M. de Lamartine a été l'homme le plus populaire de la France ; il restera dans l'histoire un des hommes les plus glorifiés ; mais je crois, pour ma part, qu'il est le plus méconnu.

On l'acclame, quand sa voix répond aux passions du moment ; on se retourne avec fureur contre lui, quand, l'heure de l'enthousiasme passé, il n'a plus d'écho devant un pays devenu muet. Pour excuser ses propres défaillances, la France aime à reprocher, à ceux qui se découragent avec elle, leur mobilité ; de même qu'elle accuse de fol entêtement les illusions persistantes.

M. de Lamartine est l'expression la plus élevée, la plus délicate, mais la plus parfaite, des tendances, des passions, des élans et des repos de sa génération. Il n'est un homme de génie qu'à cette condition. Ce n'est point un rêveur, un utopiste, un artiste isolé sur un paradoxe, qui se rencontre par hasard avec l'opinion publique, et qui met souvent sa gloire à la combattre. Les vanités médiocres ont seules de ces prétentions. L'homme véritablement supérieur est l'homme véritablement humain, vibrant à toutes les électricités, répondant à toutes les secousses, mais gardant, mieux que toutes les autres, sa conscience inébranlable au milieu de ses idées agitées. M. de Lamartine est de tous points cet homme-là ; et quand on lui reproche ses variations apparentes, c'est la France tout entière qui frappe un *mea culpa* sur la poitrine de son poëte, sans renoncer pourtant à la ressource de venir redemander le lendemain un hymne de foi à celui qu'elle accuse de la décourager ! Chateaubriand, infidèle par toutes ses aspirations aux maîtres qu'il affectait de servir, est mort renégat dans une armure de croisé. Lamartine, qu'on a cru tour à tour légitimiste et républicain, a, pour ceux qui l'étudient de près, et qui ne se satisfont pas des mots, une unité inflexible d'aspiration. Il est comme l'Humanité qui change de voies, qui ne change pas de but, et qu'on ne pourrait accuser de palinodies, sans proférer un blasphème, sans nier le mouvement.

Cette constance réelle, sous des modulations de rayonnements, était la foi profonde de madame de Lamartine, et elle s'appliquait, avec une raison énergique, à maintenir cette unité et à la faire connaître de ceux qui la méconnaissaient.

III

La gloire de Lamartine qui s'était ouverte par un beau soleil semble maintenant s'obscurcir ; cependant, le bruit court qu'avec ces paroles : « Le drapeau rouge que vous nous rapportez n'a jamais fait que le tour du Champ de Mars, traîné dans le sang du peuple en 91, en 93, et le drapeau tricolore a fait le tour du monde, avec le nom, la gloire et la liberté de la patrie, » il sauva la France.

Donc il avait bien mérité d'elle.

Ce livre n'est pas une histoire politique,

mais cependant, madame de Lamartine est tellement unie à son mari, qu'on la retrouve dans les circonstances les plus graves de ce temps-là.

Nous entrons dans le ministère des Affaires étrangères, et nous y rencontrons madame de Lamartine calme au moment où Paris tremble. Sa position officielle l'oblige à recevoir; c'est alors qu'elle sut montrer le tact, la délicatesse et le charme renaissant de son esprit. Les opinions les plus divergentes se coudoient chez elle, elle sait les mêler dans un respect mutuel. Mais c'est, loin de ces cérémonies d'étiquette qu'il faut la suivre.

Madame de Lamartine sait que les révolutions les plus justes sont toujours suivies des plus injustes misères. Elle entend sous ses fenêtres le peuple qui demande du pain ou des balles : comme elle eût voulu alors tout sauver par son zèle et sa charité. Alors, elle marche, elle court sur ces pavés qui frémissent; elle monte dans les mansardes et visite les hôpitaux. Elle porte aux blessés de

Février qui survivent des remèdes et des consolations. Au ministère, elle a établi un dispensaire secret dont elle fait elle-même les distributions en ville, et pour laisser les malheureux qu'elle soulage plus libres dans leur reconnaissance, elle se fait appeler madame Dumont. Ce nom, qui nous a été dévoilé hier, deviendra légendaire. Les ouvriers qui s'en souviennent l'admirent maintenant. Il serait difficile de faire l'histoire du pseudonyme, il répond déjà à trop d'échos.

Cependant un trait trouve ici sa place.

Dans les derniers jours de décembre 1848, madame de Lamartine fait venir un fiacre à la porte de son hôtel. Dans ce fiacre elle met une série de petits paquets minces, tous à peu près de la même grosseur et affectant la forme ronde des couronnes de pain d'épices, puis elle dit au cocher d'aller au faubourg Saint-Marceau. Elle s'arrête à une porte dans la rue de Lourcine, monta un escalier noir et redescendit après quelques minutes.

Elle fit autant à dix ou douze numéros du quartier, quand le cocher, qui l'attendait sur son siége, s'ennuyant, entra chez un marchand de vin qui se trouvait en face. Si madame de Lamartine s'arrêtait si longtemps, c'est qu'il y avait là une douleur plus grande. Depuis son dernier voyage, le père de famille était tombé malade, et à la pauvreté tout à coup s'était jointe la maladie. Impatienté, le cocher (ce fait se voit tous les jours) fit part au marchand de vin de ses impressions. —C'est sans doute une dame de charité, lui dit celui-ci. — Non, je crois plutôt que c'est une dame qui fait la place pour les bonbons; c'est demain les étrennes.— Vous croyez que par ici on pense aux étrennes, tous les ouvriers meurent de faim. —Allons donc! dans ces quartiers-ci logent de gros bourgeois, qui affectent la pauvreté, parce qu'ils ont peur de la République, c'est connu.

Sur ces entrefaites arriva une pauvre femme du quartier qui descendait de la maison où madame de Lamartine se trouvait en ce moment; le marchand de vin, pour rassurer le cocher, fit parler cette femme :

— Oh! dit-elle, ne craignez rien, c'est madame Dumont, une dame de charité d'un bureau de bienfaisance de Paris; elle est chez ma voisine dont « l'homme » est bien malade depuis trois jours. Elle m'a causé en passant, et m'a demandé si mon mari, qui travaille dans les voitures, avait de l'ouvrage, puis elle a donné à ma petite, sur la porte, une boîte de pastilles.

—Eh bien! reprit le cocher d'un air vainqueur, que disais-je? Cette dame fait la place pour les bonbons.

—Mais non, reprit la femme vivement; je vous dis que c'est une dame de charité, mais une bonne dame; et comme c'est demain le 1er janvier, elle apporte aux parents, pour leurs enfants, des étrennes. Il faut bien que tous, pauvres comme riches, soient heureux au moins ce jour-là.

Alors la dame de charité descendit, demanda pardon au cocher (admirez cette modestie) de l'avoir peut-être ennuyé en le faisant attendre, puis elle se fit reconduire chez elle. Le marchand de vin sortit sur le seuil de sa porte pour voir cette dame Dumont, dont il était déjà touché, et ce n'est que depuis quelques jours, en lisant le *Siècle*, qu'il apprit, par M. Edmond Texier, que, sous ce nom tout bourgeois, se cachait madame de Lamartine, la femme de l'ancien ministre des Affaires étrangères.

Cette histoire qui, dans son naturel, semble romanesque peut-être, m'a été racontée par le témoin lui-même, qui vous la dira bien mieux que moi, si vous désirez l'entendre et la contrôler. Il y met un accent où il y a autant de sincérité que d'admiration, et il semble comprendre ces paroles de M. Edmond Texier : « Jeunes filles séduites qu'elle a fait rentrer dans le droit chemin, vieillards dont elle était la sœur, enfants dont elle était la mère, infortunés de tous les âges qu'elle a secourus et aimés, vous ne reverrez plus cette consolatrice des affligés : madame Dumont, avec madame de Lamartine, vient de mourir. »

Si M. Texier eut le premier le mot de ce pseudonyme, on ne pourrait guère l'attribuer qu'à des charités qu'il dut faire lui-même au nom de madame de Lamartine, quand elle était souffrante et qu'elle ne pouvait sortir. On m'a même assuré qu'elle lui confiait dans ces moments-là une mission de bienfaisance auprès de pauvres familles anglaises nouvellement arrivées à Paris. M. Texier, qui a longtemps vécu en Angleterre, savait se faire comprendre de ces malheureux transplantés, qui n'étaient pas encore faits à nos usages et à notre langue. La charité de madame de Lamartine était évangélique : les races et les cultes ne faisaient rien à son cœur. C'est alors que ses protégés pouvaient dire :

Charge-toi seule, ô Providence,
De connaître nos bienfaiteurs

Et de puiser leur récompense
Dans le trésor de tes faveurs.

Notre cœur qui, pour eux, t'implore
A l'ignorance est condamné;
Car toujours leur main gauche ignore
Ce que leur main droite a donné.

Mais que le bienfait qui se cache
Sous l'humble manteau de la foi,
A leurs mains pieuses s'attache
Et les trahisse devant toi.

Mais que ces vers sont calmes, qu'ils font contraste avec la *Marseillaise* qu'on chante dans les faubourgs! comme ils entrent doucement dans l'âme, au moment où les oreilles sont fatiguées par le sifflement des balles, et où madame de Lamartine elle-même prie pour la France. Dans sa religion alors il y avait un grand courage. Qui dira les angoisses de cette femme, quand elle voit son mari ballotté par le caprice populaire. Elle entend des cris de triomphe, puis des menaces de mort. Aujourd'hui, on lui apporte une couronne de lauriers; demain, on demande sa tête. Aujourd'hui, six départements le veulent pour représentant; demain, il est répudié par la France entière. Oh! alors la vie de madame de Lamartine fut un immense sacrifice : mais elle le faisait pour Dieu et sonpays d'adoption.

Or, dans cette tempête, il fut une heure terrible. C'était le 16 avril 1848, Louis Blanc et ses amis politiques avaient organisé au Champ de Mars une grande manifestation démocratique et populaire. A vingt mille hommes, qui se trouvaient déjà réunis, s'adjoignaient toujours de nouvelles recrues, et, à un moment donné, on devait se rendre à l'Hôtel de Ville pour y nommer un autre gouvernement. Lamartine, qui était aux Affaires étrangères, recevait à chaque moment les rapports les plus alarmants; il croyait que c'était le dernier jour de la République, telle qu'il l'avait désirée; et, comme il voulait la défendre; il croyait aussi que c'était le dernier jour de son existence. Alors il écrivit son testament, brûla tous les papiers qu'il voulait arracher aux mains des vainqueurs, fit battre le rappel dans Paris, et partit avec Armand Marrast à l'Hôtel de Ville. A cet instant, Changarnier arrive au ministère ; il avait entendu le tambour, et déjà les masses du Champ de Mars entraient sur les boulevards. « Général, lui cria madame de Lamartine, sitôt qu'elle l'aperçut, général, allez sauver la France ! » Puis, après ce cri héroïque, elle se jeta dans une voiture pour se rendre dans la Chaussée-d'Antin, chez une de ses amies. Mais le peuple s'est armé ; les gardes nationales de la banlieue, au nombre de trente mille hommes, se montrent sur les ponts; les boulevards et la place de l'Hôtel de Ville sont occupés aux cris de vive Lamartine ! vive Marrast ! et les masses du Champ de Mars défilent entre deux haies de baïonnettes sans dire un mot. Alors Changarnier court chez madame de Lamartine lui annoncer le triomphe. Lamartine lui-même arrive bien longtemps après à la Chaussée-d'Antin ; il se jette au cou de sa femme en lui disant : « Voilà le plus beau jour de ma vie ! » Ces deux âmes-là étaient dignes de se comprendre. Nous n'avons pas commenté le fait, nous l'avons raconté comme l'histoire.

Peu de jours après le 24 juin, Lamartine remettait ses pouvoirs aux mains du général Cavaignac, et, au mois d'avril de l'année suivante, il se retirait complétement de la vie politique, emportant avec lui un mauvais souvenir d'ingratitude. Alors il écrivit dans son exil *Raphaël*, une des belles pages de son enfance ; puis il fit paraître l'*Histoire de la révolution de* 1848. En voici les dernières lignes : « De grands services ont été rendus, des fautes ont été commises. Je prie Dieu, mes concitoyens et la postérité de me pardonner les miennes. »

Le rideau tombe ; nous rentrons dans l'intérieur de notre héroïne. Dans ses loisirs, madame de Lamartine cultivait les arts avec bonheur, mais elle réussissait surtout dans la peinture. Elle avait décoré Saint-Point de sa palette la plus variée, et on peut voir, à Saint-Germain-l'Auxerrois, un bénitier dont elle donna le modèle. Ce bénitier, sculpté par Jouffroy dans du marbre de Carrare, a la forme d'un triangle équilatéral. A chaque angle correspond une coquille de néréide qui reçoit l'eau sanctifiée. L'œuvre est surmontée d'un groupe délicieux : ce sont trois enfants qui ont tout à fait l'air des chérubins de Shakspeare et se tiennent étroitement serrés autour d'une croix lumineuse, la tête du monument. De ces anges, on se rappelle surtout celui qui regarde l'autel ; il a le sourire si divin, il ouvre ses petits bras de marbre blanc avec tant de grâce et de bon cœur, qu'il doit tromper le soir les mères qui passent par là. Dans l'ombre mystérieuse des ogives, il doit parler. Plus d'une Madeleine, attardée dans sa prière, a dû croire que c'était son enfant qui l'attendait à la porte. Il y a vraiment, dans cette œuvre dont il faut admirer chaque pli, une vie douce et enfantine qui palpite et une séduction qui respire. Il semble que l'eau sainte que l'on prend dans ce bénitier-là ne peut pas faire peur aux démons; au contraire, elle doit les charmer. Le bénitier de madame de Lamartine, placé dans l'église de Saint-Germain-l'Auxerrois, se trouve au midi, à l'entrée d'une petite porte qui donne sur la rue des Prêtres. Il fut mis là comme un monument expiatoire invisible, connu des âmes pieuses seulement, pour effacer les derniers vestiges du pillage profanateur que la révolution de Juillet fit dans le temple, et, par un divin hasard sans doute, il se trouva tout à fait en face du *Journal des Débats*, qui peut tous les matins et tous les soirs aller s'agenouiller au pied de la petite grille de fonte, tremper son doigt dans l'eau sainte et faire sa prière. Et je dirai qu'il n'y a pas de révolutionnaire, si révolutionnaire qu'on le suppose, qui puisse maintenant avoir le courage de lancer une balle dans le temple par cette porte-là, car il y a trois enfants qui feraient sourire les plus terribles et les plus sanglantes baïonnettes. Oh! le magique prestige! oh! la divine autorité des arts! Madame de Lamartine avait pour les enfants un culte tout particulier; elle en avait fait, je crois, le critérium de son esthétique, car dans toutes ses esquisses, dans toutes ses peintures, on voit briller sans cesse, gambader et sourire des enfants, mais des enfants tendres, roses et candides. L'artiste les prend dans cet âge innocent et sincère qui fait palpiter les mères. Ils ont tous de deux à trois ans, avec un air d'excellente santé, une mine réjouie, une vie abondante, des membres souples et d'aplomb, un front large, une pensée sur la tempe, une étincelle dans la physionomie, un ensemble enfin délicieux, aimable et aimant. J'ai cru que si madame de Lamartine avait mis là tant de sollicitude, c'était par un instinct de mère déshéritée. Et, par la pensée, elle se retrouvait avec sa fille unique aux jours chastes du berceau. Elle revoyait ses matinées embaumées de Saint-Point et Julia dormant dans une petite corbeille d'osier, à l'ombre des cythises et des sycomores printaniers. Puis elle la tirait de ses langes, la roulait dans ses bras, la couvrait de baisers, et l'enfant heureuse, avec une divine et candide reconnaissance, se retournait vers sa mère, la caressait, jetait des baisers dans les fossettes de ses joues, la caressait encore et lui pinçait le bout des lèvres avec ses petits doigts fins en l'embrassant sur la bouche. Dans tout cet amour maternel, le seul vrai peut-être de la vie, il n'y a pas d'étiquette, le charme naît de l'abondance du cœur. Oh ! quand madame de Lamartine eut vu s'évanouir toutes ces tendresses, quand, dans ce berceau d'enfant, tout radieux d'espérances, elle eut vu s'asseoir la Mort, il me semble que tous les bonheurs entrevus durent dire un adieu si funèbre à la mère en la quittant, que l'âme de l'artiste en garda toute la vie la forte empreinte. Mais sur cette mer désolée avait surnagé l'Immortalité, et, comme dans une barque de salut, madame de Lamartine s'était jetée dans son sein. Aussi, sur toutes les petites têtes enfantines qu'elle éclaire de son pinceau ou qu'elle illumine dans la glaise, y a-t-il une candeur céleste et l'immortel éclat des séraphins, et un incomparable amour.

C'est avec un douloureux recueillement que j'ai parcouru la petite maison qu'habite Lamartine, rue de la Ville-l'Évêque, 43. Ce numéro 43, qui a vu tant de tristesses, qui a reçu tant de larmes, passera à la postérité, et les cœurs que touchera le génie des *Méditations* entendront, dans les siècles à venir, quand ils remueront le battant de cette porte pour l'ouvrir, les écroulements de la plus haute fortune, les clameurs étranges et contradictoires de la popularité, tout un pêle-mêle d'hommages et de reproches, peut-être sanglants, dont le temps seul fera justice. Mais je crois que dans ces lueurs sourdes et profondes que lance la gloire, on distinguera un filet de douce et chaste lumière, un rayon plus tendre, qui séduira par sa tendresse. Ce rayon sera l'âme de madame de Lamartine; ce rayon sera la flamme de ses œuvres, le feu de son art. Ce sera peut-être quelque œil d'enfant oublié dans le petit salon qu'elle aimait à orner de bas-reliefs qu'on peut admirer aujourd'hui.

Je les ai tous vus et je les ai tous dans la mémoire. Il y en a douze. Pour bien les étudier, il faut ouvrir une petite fenêtre dont on parlera longtemps, car elle donne jour sur ce petit jardin « grand comme le mouchoir de Mireille, » dont a causé Lamartine. Ces bas-reliefs sont là sans prétention, presque sans art, suspendus à un clou simplement. Ils représentent des groupes d'enfants dans les poses les plus innocentes et les plus naturelles. Ici, vingt bambins jouent à patte-chaude, et ils sont très-espiègles dans leur nudité printanière :

ils ressemblent à vingt petits amours. Mettez-leur la flèche à la main, le carquois à l'épaule, et vous vous croirez invités aux petites parties de Diane la chasseresse. Là, auprès de ce sujet mythologique et païen, s'épanouit une ronde tout à fait plébéienne : c'est une brigade de petits écoliers qui font l'école buissonnière en chantant : « Sur le pont d'Avignon, où l'on danse tout en rond. » Le garde champêtre les a rencontrés et leur a demandé sans doute s'ils ont congé, car ils ont l'air de répondre comme dans la chanson :

On leur a demandé :
Où est votre congé?
—Le congé que j'avons pris,
Il est sous nos souliers!

Tout auprès, je vois deux plâtres sur lesquels on pourrait écrire : *Equitare in arundine longa.* Ils représentent la scène la plus commune et la plus jolie de la vie naissante, cet âge de cinq à six ans où la candeur, la raison se rencontrent, et où les jeux deviennent plus virils dans leur objet. On va à cheval sur un long bâton, on rêve du Champ de Mars, *aprici gramine campi.* Madame de Lamartine, avec son observation maternelle, a tout saisi, tout observé, tout rendu. Ces petits bas-reliefs semblaient destinés à illustrer quelques ravissantes poésies pour l'enfance.

Mais je ne voudrais pas quitter ce petit salon sans dire qu'il possède un service de porcelaine qu'on doit remarquer. La feuille de vigne et la feuille d'olivier s'y entrelacent ensemble. Ces assiettes sont destinées à Virgile quand il passera par Paris.

Madame de Lamartine excellait à peindre sur porcelaine; c'était là qu'elle était vraiment maîtresse dans son art. J'ai vu d'elle deux saxes qui sont deux paysages, deux poëmes. Ils sont placés à droite et à gauche du buste de Lamartine par le comte d'Orsay, et ils semblent le commentaire du génie qui étincelle sur le marbre. L'un, qu'on appelle *Graziella*, est tout le livre dans le cadre le plus mignon et sous le ciel le plus beau. L'azur est doré comme à Naples quand le Vésuve fume un peu; la vague est douce et rêveuse; tout le paysage a une teinte blonde. Les pêcheurs sont couchés sur la plage auprès de leurs filets; ils écoutent Graziella qui lit un livre : c'est sans doute son histoire. Ce petit tableau à la Meissonier, peint sur porcelaine, est tout le livre de Lamartine lui-même. Son pendant pourrait s'appeler *Une halte dans les Apennins*. Il y a toujours du soleil dans la lumière, mais on ne voit plus les tons du ciel de Terracine. Un berger, vêtu de sa casaque de peau de chèvre, avec des pantoufles de pifferaro attachées par des lanières de velours noir, garde son troupeau. Sur sa tête, sur une cime plus élevée de la montagne, apparaissent des touristes. Ce sont trois ou quatre jeunes femmes, divinement habillées, dans leur simplicité et leur aristocratie, comme le lis des champs. L'une d'elles penche sa tête sur l'épaule d'un jeune homme, et tous admirent. Le paysage est sans doute un souvenir d'Italie, de Rome ou de Florence; madame de Lamartine a dû l'esquisser dans ses loisirs d'ambassadrice.

Vis-à-vis de ces deux vases, j'en vois deux autres où je retrouve l'artiste dans ses amours et dans ses tendresses maternelles. Les deux vases se font pendant; le sujet est le même avec des nuances diverses. On pourrait bien les appeler *la Cueillette des fruits d'or*, car les dix chérubins qui sont grimpés dans les arbres merveilleux ne s'amusent pas à cueillir des oranges. On ne voit de ces arbres-là que dans les *Mille et une Nuits*. Cependant les enfants qui se cachent dans les feuilles sont espiègles et charmants; ils ont un côté tout humain dans leur divine gentillesse; c'est bien d'eux que Jésus eût dit : « Si vous ne leur ressemblez, vous n'entrerez pas dans le royaume de Dieu. »

Sous ces tableaux, madame de Lamartine

dut écrire ces vers de Frédéric Mistral :

« Chantez ! car la cueillette veut et inspire les chants.

« En effeuillant vos rameaux, chantez, chantez.

« Mireille est à la feuille un beau matin de mai. Cette matinée-là, pour pendeloque à ses oreilles, la folâtre avait pendu deux cerises à son bonnet écarlate, comme en ont les riverains des mers latines. Vincent avait gentiment mis une plume de coq, et en foulant les sentiers, il faisait fuir les couleuvres vagabondes.

« Eh bien ! à qui cueillera plus vite !

« Leur poitrine battait ! la feuille tomba de nouveau comme pluie ; puis ils trouvèrent un nid de pamparrins.

« La gentille nichée ! Tiens ! tiens ! Pauvres petits ! un bon baiser !

« Oh ! les jolis petits ! Leurs têtes bleues ont des yeux fins comme des aiguilles.

« Mais tout de bon, Vincent, demanda Mireille, y en a-t-il encore ? Oui. Sainte

Vierge! vois! Tout à l'heure je dirai que tu as la main fée. Eh! bonne fille que vous êtes.

« Les mésanges, quand vient la Saint-Georges, elles font dix, douze œufs et même quatorze, maintes fois. Mais tiens, tends la main, les derniers éclos. Et vous, bel arbre, adieu! »

On s'étonnera de l'activité de madame de Lamartine; mais elle avait un culte, une religion pour le temps: *The time is money*. Elle le dirige avec un art incomparable. Tous ses instants sont occupés et pris par sa famille, par son art et surtout par ses pauvres. Comment pourvoit-elle à tant de fins? C'est qu'elle portait dans le cœur le génie que Lamartine porte dans la tête.

IV

Les révolutions entraînent souvent, avec nos espérances, nos fortunes et nos vies. Lamartine qui, de celle de 1848, n'avait conservé que les derniers jours qu'il coule, s'aperçut bientôt du délabrement de ses affaires : son cœur, dans sa générosité, se trouvait à l'étroit; il ne pouvait plus agir, il n'avait plus ses mouvements, il n'était plus chez lui, *res augusta domi*. Or, dans cette crise, il se tourna vers l'étude, seule elle console le cœur dans ses disgrâces, et il publia *les Confidences* (1849), *les Nouvelles Confidences*, *Geneviève* et *le Tailleur de pierre de Saint-Point* (1851), *Toussaint-Louverture* (1850), *Histoire de la Restauration* (1852), *Histoire des Constituants* (1854), *Histoire de la Turquie* (1855), *le Conseiller du Peuple* (1856), et *le Cours familier de littérature* (1857). Or, quelle dut être l'activité de madame de Lamartine dans ces jours de lutte. Avec les habitudes que nous lui savons, avec la sollicitude dont elle entoure son mari, avec l'intérêt qu'elle porte à sa gloire, elle se trouvait chargée d'un travail incessant. M. de Lamartine se multiplie pour répondre à ses créanciers, madame de Lamartine se multiplie pour le soutenir et l'encourager.

Mais nous arrivons à cette souscription fatale et malheureuse, où la France semble renier ses grands hommes et son génie. On va vendre tout le patrimoine de Lamartine : Saint-Point, Milly, Montceau, trois noms immortels comme Newstead, vont disparaître à la fumée des enchères, et le poëte qui les chanta n'aura même où reposer sa tête; il sera vraiment pauvre comme Homère, lui qui aura été la gloire de son pays.

Devant tant de tristesses, des hommes de cœur s'émurent et s'organisèrent en comité. Un manifeste douloureux fut lancé à la France. Ce fut d'abord un cri déchirant mêlé d'un cri d'espérance. Les entrailles du pays avaient frémi au mot de : « Sauvons Lamartine! » Mais bientôt la malveillance s'en mêla, les passions politiques voulurent prendre leur revanche, et il fallut fermer cette malheureuse souscription qui ne donna que des résultats très-insuffisants.

Pour bien comprendre quelle fut la situation de madame de Lamartine dans ces jours difficiles, il faudrait ouvrir toute sa correspondance. On verrait comme elle avait mis toute sa vie dans le succès de cette entreprise qui intéressait à un si haut degré l'honneur de son mari et de son pays. Mais, pour avoir ces révélations dans toute leur exactitude, il faudrait que le Comité publiât les lettres que madame de Lamartine écrivait alors à tous les coins de la France. Il devrait aussi publier celles qu'elle lui adressait d'heure en heure. Elles sont exquises et touchantes dans leur gratitude; elles ont le charme et le reflet du cœur. Louis Ulbach, qui s'occupa alors de cette souscription, dont il était secrétaire, avec toute l'énergie de son amitié et de son admiration pour Lamartine, doit avoir de cette date mille petits billets qui sont des trésors. Ces lettres, il me semble, sont nécessaires pour juger un grand homme qui parut dans un grand siècle; elles portent la physionomie, le caractère et le timbre des documents dont s'entoure la postérité.

C'est à l'époque de cette malheureuse souscription que le nom de Lamartine éteint devient tout à coup une lumière plus grande que jamais. Du milieu des villes au fond des campagnes, il pénétrait avec sa gloire, et on n'eût pas cru que tant d'enthousiasme eût fini par tant d'ingratitude.

Cependant Lamartine n'a pas perdu courage; au contraire, il a repris plus de fierté dans cette dernière tempête, et, trahi dans son pays, il ne croit plus qu'en lui-même. Le *Cours familier de littérature* devra acquitter une partie des dettes que la France eût dû acquitter pour son honneur. Alors il publia ces entretiens dont le retentissement fut prodigieux et qui, à leur apparition, se virent entourés d'une sympathie européenne. Ils comptèrent tout de suite trente mille souscripteurs. Mais ceux-là qui avaient attaqué la souscription pour libérer le poëte se réveillèrent à un si éclatant triomphe; l'envie leur souffla de l'injustice et de la calomnie dans la voix. Et Lamartine, en 1858, leur répondit :

« Une partie de la presse retentit depuis quelques semaines d'un concert de malveillance et d'un redoublement d'invectives contre cette modeste publication, et surtout contre son auteur. Nous ne nous plaignons pas de cette recrudescence de colères; nous avons bu, depuis dix ans, le calice jusqu'à la lie, et nous n'y trouvons rien d'amer. »

Mais, auprès de ces conspirations, éclatait l'héroïsme des soldats de la plume pour me servir d'une charmante expression d'Alphonse Karr, qui, à Lyon, donna à Lamartine une preuve de son admiration et de son dévouement. Il réunit pour le *Cours familier de littérature* cinq cents souscriptions en huit jours. Il n'avait pas tant fait pour ses *Guêpes*. C'est à madame de Lamartine que fût adressée cette nouvelle. C'est elle qui la transmit à son mari, et on ne sait comme Alphonse Karr fut heureux ce jour-là.

En retour Lamartine lui écrivit :

Esprit de bonne humeur et gaieté sans malice
Qui, même en le grondant, badine avec le vice,
Et qui, levant la main, sans frapper jusqu'aux pleurs,
Ne fustige les sots qu'avec un fouet de fleurs.....

On dit que d'écrivain tu t'es fait jardinier,
Que ton âne au marché porte un double panier;

Qu'en un carré de fleurs ta vie a jeté l'ancre,
Et que tu vis de thym au lieu de vivre d'encre?
On dit que d'Albion la vierge au front vermeil
Qui vient, comme à Baïa, fleurir à ton soleil,
Achetant tes primeurs de la rosée écloses,
Trouve plus de velours et d'haleine à tes roses?
Je le crois : dans le miel plante et goût ne sont qu'un;
L'esprit du jardinier parfume le parfum.

Est-on déshonoré du métier qu'on exerce?
Abdolonyme roi fit ce riant commerce.
Tout homme avec fierté peut vendre sa sueur!
Je vends ma grappe en fruit comme tu vends ta fleur.
Heureux quand son nectar, sous mon pied qui la foule,
Dans mes tonneaux nombreux en ruisseaux d'ambre [coule,
Produisant à son maître, ivre de sa cherté,
Beaucoup d'or pour payer beaucoup de liberté!
Le sort nous a réduits à compter nos salaires,
Toi des jours, moi des nuits, tous les deux mercenaires.
Mais le pain bien gagné craque mieux sous la dent :
Gloire à qui mange libre un sel indépendant.

Oh! oui, mais en ce temps, il n'y avait ni repos, ni espérance pour madame de Lamartine ; sa physionomie si sereine trahissait une souffrance intime. Tous les plis de son visage ressemblaient au lit dévasté d'un beau fleuve, ou aux sillons fauchés d'une riche moisson. C'est alors qu'on eût pu ainsi la peindre. « La ligne de son front était élevée et droite, pure d'inflexion, les muscles amaigris, creusés et palpitants de ses yeux, de ses tempes, de ses joues, de ses lèvres, avaient à la fois le repos et l'impressionabilité d'une jeune fille convalescente de quelque longue maladie ou de quelque secrète douleur. En marchant près d'elle, on sentait qu'on marchait à côté d'une âme. Tout pensait, tout sentait, tout vivait dans cette tête détachée du corps qui la portait. Sa voix, quand elle répondait, était timbrée, creuse et grave comme le son d'une dalle de marbre. On eût dit que tout était hymne dans cette poitrine, jusqu'à oui et non. » Elle s'était vouée déjà à la fatale destinée qui frappait son mari. Elle ne mettait plus ses soins qu'à retenir cette vie qu'elle sentait lui échapper, et, à Paris et à la campagne, elle veillait de toute sa sollicitude sur sa plume et sur ses jours. L'activité de madame de Lamartine redoubla même pendant la publication du *Cours de littérature*, c'est qu'il y a des entretiens qui ont tout à fait la couleur de *Mémoires;* et elle savait, pour l'avoir vu, combien il faut se défier des *Mémoires.* Puis aujourd'hui M. de Lamartine y touchait des questions palpitantes, vives encore des controverses contemporaines; demain, il remuait des cendres, encore tièdes comme celles du cher Alfred de Musset où il retrouva, au milieu de tant de débris qu'il se plut peut-être trop à recueillir, cette divine étincelle d'espérance qui ne mourra pas. C'est alors qu'il faut voir madame de Lamartine studieuse, intrépide, ardente, curieuse, implacable même. Louis Ulbach a raconté, dans *le Temps,* une anecdote qui fit une grande sensation; il va nous la raconter lui-même encore ici, nous lui passons la plume:

« Pendant l'été de 1857, je passai un mois dans l'intimité de M. de Lamartine, à ce beau château de Montceau, qui lui appartient encore, jusqu'à ce que le souffle des enchères ait dispersé toutes les pierres de ce foyer illustre. Le poëte venait d'achever, pour son *Cours familier de littérature*, son entretien sur Béranger.

« L'étude devait paraître dans les colonnes du *Siècle*.

« Je me fis avec joie le complice d'une petite conjuration, et nous nous concertâmes pour amener M. de Lamartine à des corrections jugées nécessaires. Il fallait donc trouver des termes appropriés aux idées, les proposer et les substituer, avec l'autorisation de l'auteur, aux termes malsonnants. Quant à corriger en secret, à l'insu de M. de Lamartine, c'était un parti commode, dont nul ne se fût aperçu, mais c'était aussi un acte déloyal, et qui ne pouvait pas tenter, même pendant une seconde, l'esprit délicat de madame de Lamartine.

« Par surcroît d'embarras, cet entretien, qui contenait une sorte de profession de foi politique, avait inquiété l'imprimeur, bien à tort, à coup sûr ; et, froissé des résistances, des chicanes de l'imprimerie, M. de Lamartine gardait les épreuves, ne voulait pas entendre parler de rectifications, et s'était juré que l'entretien paraîtrait dans toute sa verdeur, ou ne paraîtrait pas du tout.

« Nous dépensâmes une journée en avances diplomatiques, pour obtenir que M. de Lamartine voulût bien me laisser lire ses épreuves ; et une fois ce trésor en ma possession, nous eûmes, madame de Lamartine et moi, de mystérieuses conférences pour trouver des synonymes aux mots suspects, et des phrases équivalentes aux phrases menacées. Le soir, très-tard, retiré dans la bibliothèque du château, je recevais des messages qui me soumettaient des corrections, qui attiraient mes remarques sur tel ou tel passage. Jusque fort avant dans la nuit, cette âme charmante et inquiète, qui veillait avec une inquiétude si sublime, m'envoyait ses essais et me demandait les miens. J'ai gardé comme de pieuses reliques, comme

BIBLIOTHÈQUE IMPÉRIALE IMPR.

les témoins les plus purs du dévouement, ces petits billets, dans lesquels madame de Lamartine cherchait à adoucir les définitions.

« C'était un tableau touchant que le travail de cette chrétienne, pour ne pas laisser imprimer trop crûment que Béranger n'était pas chrétien, et pour ne pas mettre l'auteur des *Méditations* en désaccord trop flagrant avec l'auteur du *Dieu des bonnes gens*. Le matin, en m'éveillant, quand je croyais notre tâche terminée, j'apercevais dans le trou de la serrure un dernier petit billet, un dernier scrupule, que madame de Lamartine avait glissé là pendant mon sommeil ; car elle n'avait pas dormi, et elle avait continué seule, se défiant peut-être de mon zèle, un travail de révision qui lui avait révélé encore un passage dangereux, dont elle m'avertissait.

« Au déjeuner de famille, j'osai soumettre nos corrections. M. de Lamartine, trouvant le remède avec le mal, se soumit avec l'indulgence naïve qu'il a toujours en pareil cas, et me fit honneur même de quelques expressions heureuses. J'avais promis d'usurper la gloire; je me laissai complimenter. Madame de Lamartine ne voulait pas, pour elle, d'un mérite qui pouvait la gêner à l'avenir. Elle expédia triomphante l'article au journal le *Siècle.* »

Mais tous ces soins domestiques m'arrêtaient pas la charité de madame de Lamartine; au contraire, elle semblait devenir plus vive et comprendre mieux les chagrins des autres à mesure que les chagrins l'accablaient elle-même.

Un matin, à Montceau, par un ciel d'orage et à peu de distance du château, la foudre tombe sur la tête d'un vigneron. Le feu, qui était entré par l'ouverture du col de sa chemise, le dévorait intérieurement. Des cris déchirants étaient la seule manifestation extérieure de ses tortures. Une pauvre femme, qui venait de mettre à terre l'enfant qu'elle portait dans ses bras, courait folle éperdue à travers les champs pour appeler du secours. Aussitôt, madame de Lamartine regarde par la fenêtre, puis, ayant aperçu des vignerons qui transportaient chez lui le malheureux foudroyé encore vivant, elle jeta de côté palette et pinceaux, prit dans le dispensaire de ses pauvres, les remèdes nécessaires, et courut avec une telle promptitude, qu'on eut de la peine à savoir où elle allait. Plusieurs des invités, qui s'étaient mis sur le seuil du château, voulurent l'accompagner. « Accourez vite, leur répondit-elle, parce qu'il n'y a pas de temps à perdre, Voyez-vous, là-bas, ce pauvre homme qui se meurt? hâtez-vous! » Enfin les voilà arrivés! Alors le plus affreux et le plus navrant spectacle s'offre aux regards : toute une famille éclate en sanglots autour d'un vieillard gisant sur un lit, un vieillard entièrement nu de la tête aux pieds, et si horriblement dévasté par la lave du tonnerre, que tout le monde recule d'horreur et d'épouvante. Il n'y a que madame de Lamartine qui ne recule pas. Elle approche du foudroyé, lui parle, lui demande où il sent particulièrement la douleur. Le pauvre vieillard ne peut répondre; cependant, dans son visage contracté, défiguré, il y a comme un accent de reconnaissance; il semble voir que madame de Lamartine est vraiment seule à le consoler. Son œil, dont les paupières sont déchirées, se tourne vers l'ange inattendu de la charité, et ses lèvres brisées essayent en vain d'articuler une parole. « Soyez calme, lui dit madame de Lamartine, offrez vos douleurs à Dieu. » Puis elle prit un morceau de flanelle, tira de sous son châle une bouteille remplie d'un liniment onctueux, et en frotta le malheureux sur toutes ses brûlantes cicatrices avec une douceur et une pudeur divines. Tous les assistants eurent honte de leur pusillanimité. Ils furent étonnés de tant d'énergie, d'un si mâle courage et d'une si incomparable quiétude. Puis elle mit l'espoir dans l'âme du malheureux vigneron, lui arrangea son lit de la façon la plus agréable à la douleur, consola la famille qui ne savait comment la remercier de tant de dévouement, et dit, en partant, de prier Dieu pour le malade, parce que Dieu seul pouvait guérir nos maux. Alors, elle regagna le château en promettant bien de revenir le lendemain matin de bonne heure. Mais on lui annonça que le foudroyé était mort dans la nuit sans beaucoup de souffrance.

Voilà un trait qui vit encore dans toutes les mémoires. Mais que dire de tant d'autres actes de courage humain et de charité chrétienne, qu'elle aimait à cacher par les plus ingénieux procédés et les plus célestes mensonges? Et si un pinceau, bien inspiré, voulait conserver pour les contemporains quelques-unes de ces scènes merveilleuses, il se souviendrait que madame de Lamartine, en mourant, a laissé un caractère qui a tout à coup pris les proportions de l'idéal. C'est d'ailleurs dans la destinée des physionomies qui charment la postérité, de voir leurs traits se confondre, grandir et se diviniser dans la lumière.

Madame de Lamartine, à la campagne, passait tout son temps entre la prière et les bonnes œuvres; mais elle aimait surtout Saint-Point, c'était sa vraie patrie. « C'est ici que je viens depuis mon enfance, quand le flot de la vie qui tarit et se renouvelle tour à tour sous moi, me laisse ou me ramène à ce premier bord de mon existence laborieuse et agitée. »

M. et madame de Lamartine avaient pour Saint-Point une tendresse toute particulière. C'est là que retentissaient encore les premières vibrations de leurs cœurs, et que devaient reposer leurs cendres. Enfin, au foyer du château, les ancêtres se réunissaient en cercle le soir, comme des voyageurs dans une hôtellerie qu'ils aiment, et leur ombre était douce à voir. Saint-Point a été plus chanté que Milly, que Montceau. Aussi M. de Lamartine y est-il plus que populaire: il est de chaque famille, et tous les vignerons ne l'appellent que « Monsieur Alphonse. » Le poëte a si bien compris ce touchant dévouement, qu'il s'est attaché à Saint-Point comme le lierre au chêne, et qu'il paraît ne vouloir le quitter que quand l'Ingratitude l'en aura définitivement chassé. Mais comme il y aura des larmes! les pierres protesteront, *lapides clamabunt!* c'est que chacune d'elles porte un souvenir. Et que dira Claude des Huttes, ce maçon platonique et chrétien, dont Lamartine a conté l'histoire, et qui ne voulait travailler que pour les pauvres? Cependant il répondit un jour à M. de Lamartine qui l'invitait à lui tailler de la pierre : « Claude des Huttes consent à venir faire l'ouvrage de monsieur, et à travailler pour le château, parce que madame est bonne pour les pauvres. » Les pauvres de Saint-Point ont été, en effet, les enfants chéris de madame de Lamartine : c'est pour eux qu'elle devenait la plus divine et la plus évangélique. Elle les visitait dans leurs maladies et les consolait dans leurs peines.

Elle avait même, dans une des ailes du château, ouvert une école où elle aimait à passer des heures, surveillant et interrogeant les élèves, s'informant de leurs progrès, et promettant de s'occuper de l'avenir des plus savants et des plus sages. Dans sa sollicitude et dans sa piété, elle leur expliquait aussi le catéchisme « cet alphabet de la science divine, ce code vulgaire de la plus sublime philosophie. »

Madame de Lamartine tenait donc à Saint-Point par son âme et par son cœur ; elle en connaissait toutes les brises et toutes les fleurs ; elle semait dans le parc, tous les printemps, les plantes odoriférantes de l'été, et elle les cultivait avec toutes les tendresses d'un artiste.

Saint-Point, par les heureux accidents de son habitation, devait plaire instinctivement à madame de Lamartine. Au bout du parc se trouve l'église du village, elle pouvait y aller par une porte particulière sans quitter le château, et c'est par là qu'on la voyait se diriger souvent dans ses chagrins les plus amers. Elle se consolait dans la foi : c'est la source à laquelle aiment à se rafraîchir certaines âmes. Elle avait aussi pris des habitudes de piété chrétienne, auxquelles elle ne se soustrayait que rarement à Paris. Presque tous les matins, elle entendait la messe, puis elle pouvait encore prier sur le tombeau où devaient reposer ses cendres. Aussi la religion de madame de Lamartine était, comme son génie, tout entière dans son âme. Elle croyait simplement, elle aimait ardemment, elle espérait fermement. Toutes les voluptés de la prière, toutes les larmes de l'admiration, toutes les effusions de son cœur, toutes les sollicitudes de sa vie et toutes les espérances de son immortalité s'étaient tellement identifiées, qu'elles en faisaient pour ainsi dire partie dans sa pensée. Je crois que la piété de madame de Lamartine était un des éléments de son courage et de son génie. C'est peut-être là qu'elle trouvait ses plus charitables, ses plus divines improvisations. Voici un trait de ses dernières années : Un matin, après avoir entendu la messe à la petite église de sa paroisse à Paris, elle prit une voiture et se rendit à l'hôpital de la Salpêtrière. Elle arriva à neuf heures; c'était en hiver. Le concierge, en vertu du règlement de l'établissement, refusa l'entrée du parloir où elle demandait à voir en particulier une pauvre femme malade. Alors elle pria de faire venir un interne, à qui elle expliqua sa visite, puis, après avoir décliné son nom, on lui présenta la personne qu'elle demandait. Madame de Lamartine, qui avait connu cette pauvre mère dans des visites de charité, voulait essayer de la ramener à la raison par des sentiments que peut inspirer le dogme de l'immortalité chrétienne. Cette malheureuse femme avait perdu, presque tout d'un coup, son mari, et ses trois enfants encore en bas âge, mais élevés. Les accès de la malade étaient terribles. Elle accusait tous ceux qui l'entouraient de lui avoir ravi sa famille. Le traitement qu'elle suivait n'avait jusqu'alors apporté à son état moral aucune amélioration. Quand madame de Lamartine la vit, la pauvre femme était calme. Elle parut même, dans ce moment de lucidité, honteuse d'être rencontrée dans un établissement de ce genre; mais la digne visiteuse, qui comprit tout, sembla ne pas s'en apercevoir, et l'interne, étonné de ce symptôme, se retira sur la prière de madame de Lamartine. Alors cette pauvre femme se mit à pleurer, madame de Lamartine la consola si bien, qu'elle la pria instamment de revenir quelquefois la voir. « Je reviendrai, dit-elle à l'infortunée dont la raison paraissait renaître tout à coup, mais restez ici quelque temps encore, vous êtes faible de constitution. La grande maladie que vous venez de faire sera suivie d'une convalescence qui réclame des soins assidus et délicats. Ne vous découragez pas, quand vous serez guérie tout à fait, on vous placera bien. » Deux mois après cette heureuse visite, la malade bénissait la Providence et sa protectrice, entrait comme plieuse dans une imprimerie où elle resta plusieurs années. Elle est morte peu de jours avant madame de Lamartine, espérant retrouver enfin les êtres chéris qu'elle avait perdus.

Malgré tant de charité et de dévouement, la Providence n'épargnait pas madame de Lamartine. Aux tristesses de toute sorte, la mort vint joindre ses coups les plus douloureux. La sœur bien-aimée du poëte, madame la comtesse de Cessiat fut enlevée presque subitement. Cette catastrophe frappa vivement madame de Lamartine, car elle écrivit alors :

« Hélas! ce mot vous dit tout. La fluxion de poitrine a fait de si rapides progrès que, ce matin, il n'y avait plus d'espoir, et, ce soir, ma chère belle-sœur a rendu son âme à Dieu. Elle est morte comme une sainte, avec une sérénité et une résignation admirables, entourée de ses filles, gendres et fils. Elle a demandé les sacrements, et, avec une pleine connaissance, elle tendait les mains pour recevoir l'extrême-onction. Tout Mâcon pleure, et sa famille est en grande désolation. Ce malheur nous a frappés tous comme la foudre. Je l'ai vue vendredi soir en pleine santé; samedi, la fluxion de poitrine s'est déclarée, et, malgré les soins de cinq médecins, dont deux appelés de Lyon, rien n'a pu arrêter le mal.

« M. de Lamartine me charge de vous dire que si vous ne craigniez pas cette maison de deuil, ce sera une charité de venir, dans peu de jours, distraire un peu la malheureuse famille qui sera ici après l'enterrement. Valentine est accablée de douleur. Moi, je suis venue ce soir faire les arrangements pour recevoir les nièces et leurs enfants.

« Bonsoir! Je suis brisée de fatigue et de chagrin.

« Que Dieu donne à moi et aux miens une mort comme celle dont je viens d'être témoin. »

Ce souhait devait être bientôt exaucé.

Madame de Lamartine, qui ne vivait depuis longtemps que par l'énergie de son âme et de sa volonté, tomba malade. On se dit : cette fois-ci encore, elle nous donnera la surprise de sa convalescence. Mais non! un érésipèle se déclara tout d'un coup, sans qu'on y songeât et que rien dans la maladie l'annonçât. C'était le mardi soir. Depuis trois jours seulement madame de Lamartine était couchée. L'érésipèle, combattu à son origine par le docteur Clavel, assisté de quatre de ses confrères, amis de M. de Lamartine, resta quelques heures sans faire de progrès, puis, la nuit, il envahit si fortement la tête, que madame de Lamartine perdit à peu près connaissance. Cependant son âme reprenait le dessus, et alors elle s'informait de M. de Lamartine, qui était couché dans un couloir voisin et qui ne pouvait remuer. Il n'eût même pas la consolation de lui fermer les yeux. C'est M. l'abbé Deguerry, curé de la

Madeleine, qui assista madame de Lamartine à ses derniers moments. Elle mourut le jeudi 21 mai 1863, après quarante-huit heures d'agonie.

« A pareille misère! s'écria éloquemment Jules Janin, dans le *Journal des Débats*, est-il consolation qui soit possible? »

Cependant Victor Hugo écrivit, le 23 mai, cette lettre de Hauteville-House :

« Cher Lamartine,

« Un grand malheur vous frappe; j'ai besoin de mettre mon cœur près du vôtre. Je vénérais celle que vous aimiez. Votre haut esprit voit au delà de l'horizon. Vous apercevez distinctement la vie future. Ce n'est pas à vous qu'il est besoin de dire : Espérez! Vous êtes de ceux qui vivent et qui attendent. Elle est toujours votre compagne invisible, mais présente. Vous avez perdu la femme, mais non l'âme. Cher ami, vivons dans les morts.

« *Tuus*. VICTOR HUGO. »

Les obsèques de madame de Lamartine furent simples, comme les dernières années de sa vie. Elle avait souvent, avant de mourir, manifesté le désir de quitter ce monde sans bruit. Cependant on eût pu voir toute la grandeur humaine s'étaler autour de son corbillard, et M. Louis Ulbach a dit dans *le Temps* que le gouvernement avait offert à M. de Lamartine de rendre lui-même les honneurs suprêmes aux restes chéris qui s'en allaient à Saint-Point. Mais à celle qui portait un nom si glorieux, que fallait-il sur son cercueil? Ce nom-là n'était-il pas le symbole le plus éclatant du génie, de la douleur et de la postérité?

Pour les obsèques de madame de Lamartine, il ne fut même pas adressé de lettres d'invitation. La poignée d'amis qui suivit le cercueil à l'église Saint-Augustin, une église de village égarée dans Paris, avait veillé la sainte femme pendant sa courte maladie, et ils étaient venus rendre les devoirs suprêmes. La messe basse qui fut dite dura à peine vingt minutes, puis le cercueil fut mis dans un corbillard qui le transporta au chemin de fer de Lyon. M. Louis de Ronchaud et M. le comte d'Esgrigny accompagnaient les restes mortels de madame de Lamartine à Saint-Point.

Le samedi 23 mai, à cinq heures du matin, le convoi arriva à la gare de Mâcon, où l'attendaient les membres de la famille de M. de Lamartine, mêlés aux fonctionnaires du chef-lieu, aux députations des corps constitués et à une multitude d'ouvriers. C'était le premier des hommages qui devaient être spontanément rendus à la mémoire de la sainte et noble femme. Elle était bien inspirée dans sa justice, la ville de Mâcon, qui s'honorera toujours d'avoir vu naître Lamartine, en donnant à l'ange du poëte, qui s'en retournait, des regrets et des larmes. Elle devait bien un éclatant souvenir au cercueil, quand une gloire immortelle rejaillissait sur elle du berceau.

A Mâcon, madame de Lamartine était populaire par ses bienfaits et par ses vertus. Aussi, malgré l'heure matinale, voyait-on du mouvement dans la ville comme par un grand jour de fête, et, quand le cercueil partit, à huit heures, de la gare pour se rendre à Saint-Point, tous les habitants se mirent sur le seuil de leur porte, dans les rues où passait le cortége. Tout le monde se mettait à genoux à l'approche du corbillard, et on voyait des larmes à plus d'une paupière! C'était une véritable tristesse! C'était un deuil public, c'était une douleur sincère sur tous les visages : on n'en trouvait pas d'indifférents. Tout le long du chemin, éclataient le respect et la sympathie.

A Montceau, où M. de Lamartine habita quelquefois l'été, ce fut un triomphe funéraire, si je puis m'exprimer ainsi. Tous les vignerons du village, qui avaient vu se fermer tout à coup les fenêtres du château, avaient compris qu'il était arrivé un grand malheur; puis ils s'en trouvèrent bientôt assurés. Alors ils quittèrent leurs travaux et voulurent voir passer une dernière fois celle qui les avait consolés dans leurs peines et soignés dans leurs maladies. Ils arrivèrent au-devant du corbillard, conduits par le curé de Prissé, qui avait fait sortir la croix. Alors le char funèbre s'arrêta; on releva le drap mortuaire et on jeta de l'eau bénite sur les restes vénérés. Pendant cette halte, sollicitée par la religion et la reconnaissance, les voitures des plus riches habitants du pays prirent le devant du corbillard et roulèrent vers Saint-Point pour voir l'enterrement, tandis que les piétons s'y rendaient aussi par le chemin plus court qui passe à Milly, à travers les aspérités de la montagne, par cette même route que Lamartine aime tant, et dont il a chanté les châtaigniers.

Le convoi aussi dut prendre un chemin rétréci pour arriver au but du douloureux voyage, mais il fallut encore s'arrêter à

Bourgvilain, à quatre kilomètres de Saint-Point. Une messe s'y disait pour le repos de l'âme de madame de Lamartine, et on attendait l'arrivée du cercueil pour l'Offertoire! Le portail de la modeste église avait été tendu des draperies les plus belles, et on avait mis des fleurs et des feuillages sur le chemin du corbillard. On ne s'attendait pas à ces touchants et tristes hommages. Il fallut donc descendre le cercueil, et le conduire à l'autel, un autel bien pauvre et bien humble, au pied duquel madame de Lamartine allait prier quelquefois dans ses promenades à travers la montagne. Quand la messe fut achevée, on remit le corps dans le char funèbre, mais non sans peine. La foule avait tellement grossi qu'on ne pouvait pas la fendre, et tous voulaient approcher le cercueil; on voyait des mères qui essayaient de le faire toucher à leurs enfants. Cependant, on approche de Saint-Point, le cortége marche à pied, et le ciel, qui était brillant, devient triste. Dans l'azur roulent des nuages pâles ; on croirait voir des larmes de douleur rouler dans les cieux. Néanmoins, il y a de la verdure, des fleurs et des oiseaux dans le feuillage; mais la Nature, dans son printemps et dans son sourire du mois de mai, jette un accent de tristesse. Les aubépines ont leurs bouquets blancs, les saules verdissent, les parfums agrestes circulent dans l'air, mais il y a sur tous les visages un déchirement dont le jour paraît se ressentir, on reconnaît enfin de mutuels et intimes rapports entre toutes les existences de ce monde, on sent qu'il y a des deuils universels. C'est avec ces pensées qu'on arriva à la porte du château de Saint-Point. On descendit le cercueil devant le portail gothique que madame de Lamartine aimait à entourer de clématites et de plantes grimpantes à l'encens printanier. On remarquait même une petite glycine fleurie, couverte de grappes bleues depuis quelques jours. On eût dit que cette plante innocente voulait jeter, comme des pleurs, ses pétales sur le cercueil de celle qui ne l'arroserait plus dans les jours de sécheresse. Mais la petite église de Saint-Point était pleine de monde depuis longtemps. Comme rien n'était commandé, ni préparé, on eut presque de la peine à trouver de la place autour de l'autel, pour la famille de M. de Lamartine et ses amis. Le cercueil fut porté du château à l'église par les vignerons de Saint-Point, qui revendiquaient, sur les vignerons des villages voisins, ce funèbre honneur. Le service s'acheva lentement; on semblait ne pas vouloir se séparer de ces saintes poussières, débris d'une sainte existence; enfin, il fallut la descendre dans ce caveau où repose Julia, puis on ferma la grille en fer, qui se trouva tout à coup couverte de palmes et de couronnes, derniers souvenirs de la reconnaissance de ces contrées pour l'ange de charité qui ne leur parlera plus;.... pui les flot du peuple se retira dans les larmes et dans la prière.

Il était trois heures du soir.

Ici, il ne nous reste qu'à répéter les

paroles de M. de Ronchaud : « Paix et regret à celle qui fut la compagne dévouée, courageuse, de Lamartine, qui l'encouragea dans ses luttes, l'applaudit dans ses triomphes, le soutint dans ses épreuves, et sans cesse entendit, joyeux ou triste, retentir dans son cœur l'écho d'une grande destinée! »

V

Maintenant il me semblerait juste de chercher la place de madame de Lamartine dans la société française; et, pour bien déterminer le rang qu'elle occupera, il est nécessaire de la mettre en face de quelques figures que le temps nous a conservées; cependant, dans ce parallèle, il n'y aura pas de terme de comparaison! Là les époques diffèrent par l'esprit, les institutions et les hommes; ici les ressemblances sont si pâles, quoique apparentes, que madame de Lamartine, dans cette galerie, se détachera dans un cadre à part, avec une physionomie à elle, éclatante, immortelle, et toujours jeune.

Au XVIIe siècle, la femme exerça une véritable influence en France; elle fut toute-puissante à la cour, dans les académies. Cette autocratie du beau sexe eut ses inconvénients et ses avantages, mais enfin on ne saurait nier que de ce jour-là l'esprit français inventa quelque chose. La femme a le privilége d'être un aiguillon pacifique, et de l'instant où sa pensée agit sur un fait, il y a progrès. Cependant il faut retenir son action, qui est toujours nerveuse, et pas assez rationnelle. Il faut opposer la sévérité du jugement à la fièvre de l'imagination. Il fallait Corneille à mademoiselle de Scudéry. Cependant, au XVIIe siècle, l'esprit de la femme fut un mélange d'ambition et de galanterie, de dévotion et de pénitence assez pittoresque pour l'histoire.

Madame de Sévigné, dans les ballets de Versailles, se fait écrire des madrigaux par

Benserade, petites dorures de mode que les dames de la Fronde affectionnaient surtout dans leurs orgies. Mais bientôt madame de Sévigné se relève noblement de cette première chute qui semble puérile. Elle prend la forme et l'accent de la vraie société française qui commence. La première, elle dit à ses contemporains que « la distraction » est le charme suprême de la vie et que « la préciosité » est un ridicule flétrissant. Elle donne vraiment de l'élan, de la souplesse à l'esprit national, elle fait passer dans la conversation et dans ses lettres le parfum du goût et de la postérité! Mais dans cette femme illustre, il y a de l'égoïsme et de la personnalité, et, après sa fille et les Rochers, Elle n'aperçoit que des curiosités ou du vide dans le monde.

Des sentiments plus humains et plus élevés ne se trouvent pas dans madame de Longueville. Après une jeunesse dissolue, elle s'enferme dans la pénitence à Port-Royal des Champs. Son ombre a charmé M. Cousin et l'ingénieux philosophe a voulu redemander à son voile monastique son sourire et ses larmes. Malgré cela, l'histoire n'admet qu'au second plan madame de Longueville, dans la formation de la société française. Madame de La Fayette leur fut bien supérieure, parce qu'à un fonds de tendresse d'âme et d'imagination, elle unissait une rectitude d'esprit instinctive, naturelle; parce que, comme le disait madame de Sévigné, elle avait une « divine raison » qui ne l'abandonna jamais, et lui fit voir Dieu face à face à la mort; madame de La Fayette eût été madame de Lamartine, si elle eût vécu de notre temps.

L'influence du XVIIIe siècle sur la société française fut désastreuse ; ce n'est plus la préciosité, mais la débauche qui domine. Les dames de Port-Royal avaient encore des instincts élevés et religieux, des idées progressives, et les cercles de la Régence n'apportaient que de la coquetterie à un temps qui demandait des principes. Cependant, malgré ces tendances au luxe exagéré et aux débordements de la chair, il faut reconnaître que les femmes spirituelles et galantes du dernier siècle répandirent autour d'elles une fièvre, une vie factice, dont la révolution de 89 ne fut que l'éclosion légitime. Il faut constater encore que quelques nobles caractères surgissent sur ces étrangetés sociales, et que si la royauté est tombée sous le fer à repasser de madame Dubarry, la France entière proteste par la voix de l'honneur et de la philosophie, protestation terrible et retentissante dont les échos roulent encore sur les débris de l'ancien monde.

Avec une société nouvelle, il fallait un esprit nouveau. Aux salons qui se rouvraient avec une grâce adolescente et matinale, avec un parfum du meilleur temps, incombait la mission de refaire la société française dans sa ferveur d'autrefois et dans les idées modernes. La tentative était difficile, cependant elle fut merveilleusement tentée par madame de Duras. Cette femme est une date dans l'histoire du beau langage, du style et du ton; elle eut un ascendant ingénieux et puissant sur ses contemporains; son salon fut une lumière. Tout auprès de madame de Duras se place madame Guizot, qui apporta, de l'arrière-saison du dernier siècle, l'observation philosophique, l'accent voltairien et la sympathie révolutionnaire. Mademoiselle Pauline de Meulan eut une grande influence sur son temps avant de changer de nom : elle avait connu MM. de Rulhière, de Condorcet, Champfort, de Vaines, Suard, Collé et Morellet; aussi avait-elle tous leurs sentiments, toutes leurs idées, sans leur froideur géométrique. Heureusement quelqu'un vint y souffler de la passion et de la poésie. De ce jour, madame Guizot prit une physionomie nouvelle : elle fut gagnée d'une ferveur religieuse très-intense, parce qu'elle était le fruit d'un amour passionné pour M. Guizot, protestant rationnel qui ne vit jamais que de la politique dans un culte. Comme madame de Lamartine, madame Guizot changea les dieux de sa famille contre les dieux de son mari ; puis, séduite par tous les charmes de sa philosophie, elle écrivit sur l'éducation des femmes quelques pages nouvelles, les meilleures qui se lisent encore d'elle. Puis, altérée par une sensibilité nerveuse, fruit d'un mariage d'arrière-saison, elle mourut en lisant un sermon de Bossuet sur l'immortalité de l'âme. Madame Guizot, avec tous ces sérieux agréments, restera longtemps dans les galeries de la société française comme le plus beau type de la femme « distinguée. »

Cependant voici madame de Rémusat qui veut la supplanter dans son cadre. Tout auprès, brille une éclatante lumière. Par ses rayons puissants en étendue, elle touche à l'ancienne société et enveloppe la nouvelle. C'est madame Rêcamier. Elle fut reine au milieu de la cour la plus élégante et la plus savante que jamais on ait vue en France. Malgré tous les pèlerinages forcés qu'elle dut entreprendre, son influence ne baissa pas, et on pouvait dire que, quand elle partait, elle emportait avec elle la société française. Le caractère de madame Récamier a été tant de fois apprécié, avec une admiration si ingénieuse et si touchante, qu'il serait pénible aujourd'hui d'apporter une négation dans ce concert d'éloges. Cependant, dans mademoiselle Juliette Bernard, on retrouve, sous la distinction la plus moderne, un accent précieux quelquefois, et si apparent, qu'il perce dans presque toute sa correspondance à Ballanche, cet homme aimable, ce philosophe inoffensif, ce Roméo d'Académie. Si madame Récamier conserva si longtemps une influence et un prestige, si elle sut jusqu'à sa vieillesse réunir autour d'elle tous ceux qu'elle croyait marqués par la gloire, elle le dut à la facilité de son commerce, à l'agrément de son caractère et aux rêves toujours renaissants de ses amis. Elle fit un aimant de sa beauté, et, dans l'économie de ses charmes (si on peut parler ainsi), elle sut toujours jeter une lueur de libéralité ou d'espérance. Puis, quand elle eut subjugué ses adorateurs par les attraits de l'esprit et du cœur, elle demeura vraiment maîtresse de son temps. Voilà pourquoi la société française gardera longtemps le nom de madame Récamier. Ce nom-là s'est entrelacé à toutes les couronnes du XIXe siècle; il en a charmé toutes les gloires, et il charmera l'avenir.

Aux beaux jours de madame Récamier, cependant, vivait une femme que le nom de son mari eût dû, à lui seul, sauver de la solitude. La vicomtesse de Chateaubriand sembla ne pas s'apercevoir des tendresses de son mari pour la noble abbesse de l'Abbaye-aux-Bois. Au contraire, une grande amitié les unit, et, sans essayer une rivalité qui eût été peut-être heureuse pour le siècle, elle se plaît à s'effacer dans madame Récamier, et, des endroits les plus éloignés, elle lui recommande ses affaires et surtout ses pauvres. C'est que madame de Chateaubriand était d'une charité et d'une piété exemplaire. D'une santé toujours chancelante, elle n'était presque pas de ce monde. Elle ne sut pas, comme madame de Lamartine, si frêle aussi, hélas! commander à ses organes par son âme, diriger son corps par sa volonté. Elle n'eut vraiment qu'un souci réel, mais aussi il était admirable et touchant : « J'apprends chaque jour de vos bontés nouvelles pour l'infirmerie. Il paraît, madame, que le bon Dieu ne veut pas que cette œuvre tombe, puisqu'elle est remise entre vos mains charitables. Notre pauvre sœur Rosalie est bien heureuse de vous avoir trouvée, déjà si accoutumée à vous, elle qui redoutait tant les nouvelles figures. J'espère, cependant, que l'on songera bientôt à vous relever de soins qui doivent être très-fatigants pour vous, et que Mgr l'archevêque ne tardera pas à administrer cet établissement sous un autre nom que le mien. » Cette infirmerie de madame la vicomtesse de Chateaubriand rappelle le réfectoire de madame Victor Hugo.

Tous ceux qui connaissent Hauteville-House l'ont vu ce réfectoire des pauvres, ou plutôt ce salon des malheureux. Voilà même quelques jours, le poëte de *la Légende des siècles* a publié ses dessins, des caprices de plume et de crayon, avec l'accent de son fier génie, pour acheter des étrennes à ses protégés. Madame Victor Hugo, emportée dans un terrible orage, par le même tourbillon qui emportait l'aigle et les aiglons, a donné à l'étranger la mesure de l'esprit national. A Jersey et à Guernesey, elle a rassemblé les débris épars de son salon, où se coudoient les proscrits de la France et les hommes libres de l'Angleterre! Aussi la société française lui devra-t-elle de la gratitude pour cette élégance, cette politesse, cette distinction, ce charme qui rapprochent deux peuples, deux caractères, les font s'aimer et se comprendre. Les soirées de madame Victor Hugo, à Paris, avaient une autorité surtout littéraire; elles étaient moins calmes que celles que madame de Lamartine donnait alors. A la place Royale, on ne voyait que des courages héroïques dans leur jeunesse, audacieux dans leurs espérances. Celui qui entrait dans ces salons devenait incessamment conspirateur. Il conspirait contre les procédés littéraires de la vieille école, contre les écrivains chauvins du premier empire, contre les sentiments d'étiquette et la poésie de convention; il conspirait pour la noblesse dans l'art et le beau dans la vie. Madame Victor Hugo savait les retenir et les serrer en colonne, tous ces beaux jeunes gens. Par sa beauté et sa vaillance, elle était la Clorinde du romantisme naissant. Mais ce n'est pas ici l'heure de dire l'influence de madame Victor Hugo sur son siècle; cependant, on est saisi d'admiration à la vue de cette femme, aussi puissante et robuste que madame de Lamartine était frêle, passant les océans par les temps les plus noirs, abordant en France sur les plages les plus trompeuses et charmant toujours les mers; elle n'a peur des tempêtes, et c'est bien l'ange de la famille proscrite et du génie.

Auprès de ces femmes célèbres vient d'en surgir une autre, qui, des coins obscurs d'un cercle modeste et personnel s'est presque élevée à la hauteur de l'histoire. Cependant madame Swetchine n'eut véritablement pas d'influence sur la société contemporaine; le nombre des gens qui lui faisaient la cour était si restreint qu'on ne peut guère lui accorder d'importance que sur une petite coterie, et dans une petite chapelle. Madame Swetchine n'avait pas ce qui fait la politesse et l'élégance cosmopolites; sous l'accent français, on retrouvait l'accent russe. Il y avait une certaine fierté chez elle qui n'est plus guère dans les habitudes du grand monde, puis elle se faisait gloire d'être intolérante, et son historien, M. de Falloux, raconte alors, sur sa foi, toute sorte d'histoires. Cependant entre madame Swetchine et madame de Lamartine, il y avait un point de rapprochement aussi délicat que réel : toutès deux étaient des néophytes dans le catholicisme. Elles s'étaient converties dans des circonstances presque identiques. Elles étaient toutes deux chrétiennes et dévorées de ferveur. Elles furent jetées dans un centre aristocratique et autoritaire à leur entrée dans le siècle, toutes deux eurent le culte des arts ; mais madame de Lamartine eut seule le respect et la religion des idées. Madame Swetchine a grandi tout d'un coup, c'est une plante fleurie en serre chaude, avec une séve factice, et qui n'a pas de vie, mais si nous étudions de près ce caractère étrange et transplanté, nous retrouverons le souci humain, le souci et la gloire dans sa flamme la plus vive ; madame Swetchine meurt en pleine connaissance, et quelques minutes auparavant, elle se fait apporter sa correspondance, ses notes, ses manuscrits les plus précieux, elle assemble son cénacle pour le bénir. Il y a dans ce départ du monde pour l'éternité quelque chose qui sent l'étiquette. Madame Swetchine comptait bien sur une oraison funèbre; elle savait bien que le P. Lacordaire ne pourait pas la laisser partir sans chanter un cantique, parce qu'avec elle s'éteignait le dernier reflet d'une société morte, parce qu'avec elle s'éclipsait ce météore d'élégance française et de fierté moscovite, que le comte de Maistre n'avait pu fixer sans être ébloui.

Cette femme avait beaucoup connu à Saint-Pétersbourg l'auteur du livre du *Pape*, et, dans son commerce avec cet esprit tout d'une pièce, elle avait trouvé un confirmatif à son orgueil et à son intolérance. Aussi ne se corrigea-t-elle pas à Paris, parce qu'à la mort du maître, elle rencontra ses disciples qui avaient toute son austérité fougueuse sans l'ombre de son génie. M. de Lamartine un jour, traita le comte de Maistre sous ce côté tout humain. Sitôt que madame de Swetchine eut parcouru les pages du *Cours familier de littérature* qui rabaissaient justement l'idéal du droit divin, elle s'empressa d'écrire à madame de Lamartine, avec une plume trempée dans l'essence de rose mêlée d'un grain de fiel : « Quoique je sois de ceux qui se mettent le plus en garde contre l'idolâtrie du génie, je suis obligée de reconnaître à M. de Lamartine une immense puissance pour me faire du mal ou du bien. » Ce sont mille petits billets du genre de celui-ci qui ont fait canoniser madame de Swetchine par sa petite chapelle ; mais, hélas ! les reliques de la sainte ne sont déjà plus que de la poussière, et quand les thuriféraires du temple seront partis, quand l'encens ne fumera plus sur l'autel, la génération prochaine ne saura rien de cette femme dont on ne comprendra plus la renommée.

Dans cette galerie, madame de Lamartine s'avance avec le prestige de son nom, toute la grandeur de son humilité ; ses amis la révèlent à sa mort, sa vie jaillit de son tombeau. Elle est douce à voir, parce qu'elle se détache seule et légère de tout ce qui l'entoure, comme une petite fleur embaumée qui réussit à percer un bouquet d'arbustes odorants. Ce qui rendra toujours généreuse l'influence de madame de Lamartine sur son temps, c'est l'exquise beauté de sa parole, et la neutralité de son salon. Tous les soirs à peu près elle recevait. Chez elle, on y causait et on lisait, et jamais le caractère de son cercle ne changea, malgré les travers, les vicissitudes politiques, parce que toujours l'intelligence et le cœur prenaient la place que trop souvent l'esprit de parti enlève dans le monde. Et ce sera le grand prestige de madame de Lamartine, dans l'histoire de la société française, d'avoir su fondre, dans un même culte, dans une même religion, dans les mêmes ferveurs, tant d'éléments divers, le droit divin et le droit des peuples les tribuns de la démocratie moderne et les dictateurs d'autrefois. On ne voyait pas chez elle de préférence; elle était juste, toutes les opinions semblaient égales à ses yeux; elle ne s'inclinait que devant le génie et le pregrès. Aussi avait-elle une estime particulière pour quelques jeunes penseurs qui s'étaient formés chez elle, et dont M. Dargaud, M. Laurent Pichat, M. Louis Ulbach et M. Charles Alexandre avaient révélé les doctrines dans l'histoire, dans le roman et dans la poésie. Nous n'avons pas à rappeler les traits de sa vie : Madame de Lamartine est une « femme supérieure. » C'est d'elle que M. Cousin eût pu dire : « D'un esprit merveilleux, d'un courage à toute épreuve, aussi pure que belle, unissant en elle la grâce et la majesté, semant partout l'amour et imprimant le respect sans que l'ombre d'un soupçon injurieux ait osé s'élever jusqu'à elle. Fière jusqu'à l'orgueil envers les heureux et les puissants, douce et compatissante aux opprimés, aux misérables, aimant la grandeur et ne mettant que la vertu au-dessus de la considération; mêlant ensemble l'intrépidité d'une héroïne et la dignité d'une grande dame; par-dessus tout chrétienne et sans bigoterie; mais fervente et même austère, et ayant laissé après elle une odeur de sainteté. » C'est ainsi que l'a rendue M. Staal avec son crayon délicat et exquis. L'artiste, dans son dessin, a fait un livre. La teinte en est calme et triste. L'antithèse du premier plan est frappante. Le Golgotha se dresse, au delà des mers, vis-à-vis des montagnes de Savoie, où la maison de M. Perret étincelle sous les neiges. Puis, quand le regard a érré sur les flots, il rencontre *l'Alceste*, qui rapporte au caveau de Saint-Point les cendres de Julia. Alors l'œil, rempli de larmes, se repose doucement sur un saule pleureur auquel M. Staal a donné l'accent d'une incomparable élégie. Madame de Lamartine se détache doucement du paysage sur un nuage tendre. C'est la rosée, symbole de sa charité, qui tombe comme la manne dans le désert.

Voilà ce que nous avons voulu dire, et ce que nous avons dit bien imparfaitement. C'est donc à vous tous ses amis, ses parents, ses protégés, à vous tous qui avez connu madame Dumont et madame de Lamartine de parler de leurs vertus; et, s'il était permis de vous inspirer une pensée, je vous inviterais à jeter sur le papier quelques souvenirs, quelques aperçus pour conserver, plus sincère et plus vivante, l'image de cette noble femme. Je sais qu'elle n'en a pas besoin; mais pour la société française, dont elle fut un charme, pour le pays qu'elle honora, pour la religion qu'elle adora, pour sa charité, et pour sa gloire qui devient la vôtre à tous, ce sera une joie, une consolation de savoir tout à fait sa vocation et sa vie!

FIN.

BIBLIOTHÈQUE IMPÉRIALE
IMPR.

ACHEVÉ D'IMPRIMER

Le 25 Novembre 1863

Aux frais de

Mme BACHELIN-DEFLORENNE

Libraire-Éditeur

PAR BONAVENTURE ET DUCESSOIS

www.ingramcontent.com/pod-product-compliance
Ingram Content Group UK Ltd.
Pitfield, Milton Keynes, MK11 3LW, UK
UKHW012226240726
13966UKWH00003B/978

9 782012 392113